중국 민화집

선녀와 용 그리고 여러 민족들의 이야기

중국 민화집

선녀와 용 그리고 여러 민족들의 이야기

엮은이 | 브리오 출판사 편집부
그린이 | 레나타 푸치코바
옮긴이 | 류재화
펴낸이 | 김언호
펴낸곳 | (주)도서출판 한길사
등록 | 1976년 12월 24일 제74호
주소 | 413-756 경기도 파주시 문발동 파주북시티 520-11
홈페이지 | www.hangilsa.co.kr 블로그 | hangilsa.tistory.com
전자우편 | island@hangilsa.co.kr
전화 | 031-955-2012 팩스 | 031-955-2089

Čínské Pohádky
copyright © 2007 Renáta Fučíková for the illustrations
The original French language edition was published
by Foreign Language Press, Beijing, China.
copyright © 2007 Brio, spol. s r. o., Prague, for original edition.
All rights reserved.

Korean translation copyright © 2011 by Island,
an imprint of Hangilsa Publishing Co., Ltd.

1판 1쇄 펴낸날 2011년 5월 2일
1판 2쇄 펴낸날 2013년 2월 20일

값 21,000원
ISBN 978-89-356-6515-0 03820

CHANGPO design group 031-955-2080

〈일러두기〉
• 이 책에 실린 이야기들은 『공작 처녀(La Jeune Fille paon)』 『일곱 처녀(Les Sept Filles)』
  『목동들과 독수리, 태양을 찾아서(Les Bergers et les aigles et À la recherche du soleil)』 등에서
  발췌한 것입니다.
• 본문 속 각주는 모두 옮긴이 각주입니다.

• 잘못 만들어진 책은 구입하신 서점에서 바꿔드립니다.
• 이 도서의 국립중앙도서관 출판시도서목록(CIP)은 서지정보유통지원시스템 홈페이지(seoji.nl.go.kr)와
  국가자료 공동목록시스템(www.nl.go.kr/kolisnet)에서 이용하실 수 있습니다.
  (CIP제어번호: 2011001655)

중국 민화집

선녀와 용 그리고 여러 민족들의 이야기

브리오 출판사 편집부 엮음 · 레나타 푸치코바 그림 · 류재화 옮김

아일랜드

지혜로운 며느리
한족 이야기

옛날에 창 굴라오라는 영리한 노인이 있었다. 아들 넷을 두었는데, 셋은 모두 장가를 들었고 막내만 혼자였다. 장가를 갔는데도 아들들은 아버지에게 얹혀살았다.

살림은 노인이 도맡아 했다. 신기하게도 자식들이 아버지를 하나도 안 닮아서, 다들 느리고 멍했다. 며느리들은 더 심했다. 노인의 마음에 드는 애가 하나도 없었다.

노인은 지치면 가끔 속으로 신세 한탄을 했다.

'늙은 내가 영영 살 것도 아니고, 나 죽으면 이것들이 어찌 살려나?'

노인은 막내며느리를 아주 잘 얻어 그 아이한테 살림을 맡겨야겠다고 생각했다. 그러나 이상적인 며느리를 찾기란 쉬운 일이 아니었다. 뒤지고 뒤졌지만 적당한 아이가 없었다. 영리한 노인은 마침 좋은 꾀가 났고, 하루는 세 며느리를 불렀다.

"친정에 다녀온 지 다들 오래되었지? 어머니, 아버지가 얼마나 보고 싶으냐. 오늘 당장 다녀오너라."

며느리들은 너무 기뻐하며 며칠 있다 오면 되냐고 물었다.

"셋이 오늘, 같은 날 가서 같은 날 돌아오너라. 그러니까 큰애는 사흘 닷새, 둘째는 이레 여드레, 셋째는 열닷새."

이게 무슨 소린가? 달뜬 며느리들은 생각해볼 것도 없이 알겠다고 했다.

노인이 말했다.

"친정에서 돌아올 때 뭘 좀 가져오너라. 지난번 건 다 마음에 안 들더구나. 이번에는 내가 원하는 것을 직접 말해주마."

"말씀하세요, 아버님. 아버님께서 원하시는 것을 꼭 갖다 드릴게요."

"첫째 아가는 속이 노란 무를 가져오고, 둘째는 종이로 덮인 불을 가져오고, 셋째는 발 없는 거북을 가져오너라."

이게 무슨 소린가? 하지만 달뜬 며느리들은 생각해볼 것도 없이 알았다며 부랴부랴 시댁을 나섰다.

한참을 걸으니 세 갈래로 갈라진 길이 나왔다. 첫째 며느리는 가운데 길,
둘째는 오른쪽 길, 셋째는 왼쪽 길로 가기로 했다. 헤어질 때가 되고 보니
시아버지가 한 말이 새삼스레 생각났다.

"아버님이 우리한테 사흘 닷새, 이레 여드레, 열닷새를 주셨어. 출발은
한날에 했는데, 돌아올 때는 어떻게 한날에 오지?"

첫째 며느리가 말했다.

"그러게. 어떻게 한날에 오지?"

나머지 두 며느리가 입을 모아 말했다.

"또 선물은?"

첫째 며느리가 말했다.

"속이 노란 무, 종이로 덮인 불, 발 없는 거북? 들을 땐 그냥 들었는데, 그런 게 어디 있어? 한 번도 본 적 없는데."

"한 번도 본 적 없어!"

나머지 두 며느리가 이번에도 입을 모아 말했다.

"그러니까 우린 함께 돌아올 수 없는 거야. 선물도 가져올 수 없고. 아버님이 우릴 집에 못 돌아오게 하려고? 설마! 어쩌지?"

첫째 며느리가 걱정하기 시작했다. 나머지 두 며느리도 걱정이 되었다. 고민을 해봐도 소용없었다. 어떻게 해야 할지 정말 몰랐다.

너무 걱정이 되어 셋은 길가에 주저앉아 엉엉 울었다. 날이 어둑해지자 더 무섭고 걱정이 되어 세상이 떠나가라 울었다. 울음소리가 하도 커서 멀지 않은 길가에서 푸줏간을 하고 있던 왕 씨가 그 소리를 듣게 되었다.

왕 씨한테는 키아오구라는 딸이 하나 있었다.

"얘야, 누가 우는지 가서 좀 보고 오너라. 무슨 일인지 모르겠다."

키아오구는 젊은 여자 셋이 길가에서 울고 있는 것을 보고는 다가가서 물었다.

"언니들, 무슨 일이세요?"

셋은 눈물을 훔치더니 키아오구 앞에 앉아 무슨 일이 있었는지 소상히 이야기했다.

키아오구는 깊이 생각해볼 것도 없이 활짝 웃으며 말했다.

"간단하네요! 아마 언니들이 이 생각을 못 하신 거 같아요. 그러니까 3 곱하기 5는 15, 7 더하기 8은 15잖아요. 세 분 다 15일 후에 돌아오라는 얘기네요. 세 가지 선물은요, 속이 노란 무는 계란이고, 종이로 덮인 불은 호롱불이고, 발 없는 거북은 두부가 아닐까요? 어느 집에나 있는 아주 평범한 것들이지요."

세 며느리는 얼굴이 환해졌다. 그러고는 영리한 아가씨한테 고맙다고 말하고는 다시 신이 나서 길을 재촉했다.

15일 후, 셋은 다 함께 시댁에 돌아왔고, 시아버지가 말한 선물을 하나씩 내놓았다. 노인은 놀랐다. 답을 알아낸 건 분명 며느리들이 아닐 거라고 생각해서 사실대로 말해보라고 얼렀다. 세 며느리는 감히 거짓말을 못 하고 사실 그대로 이야기했다. 창 노인은 그 아가씨를 만나봐야겠다고 마음먹었다.

푸줏간 주인은 자리에 없고, 마침 딸이 노인을 맞았다.

"뭘 드릴까요?"

"살만 있는 부위 하나, 고리 모양의 살만 있는 부위 하나, 뼈 없이 붉은 살만 있는 부위 하나, 살 없는 하얀 부위 하나 주시오."

이게 무슨 소린가? 키아오구는 아무 말 없이 어디론가 가더니 조금 있다가 네 개의 꾸러미를 창 노인 앞에 내놓았다. 노인은 차례대로 살펴보았다. 살만 있는 것은 돼지 귀였고, 고리 모양의 살만 있는 것은 돼지 꼬리, 뼈 없이 붉은 살은 간, 살 없는 하얀 것은 창자였다. 정확히 그가 원하던 것이었다. 노인은 흡족했다.

'며느릿감으로 딱이군!'

집에 돌아오자마자 당장 푸줏간에 사람을 보내
그 집 딸을 며느리 삼고 싶다고 전하였다. 왕
씨는 창 노인을 잘 아는지라 바로 승낙했다. 이
렇게 해서 막내아들은 푸줏간 딸에게 장가가게
되었다. 영특한 며느리가 매우 마음에 든 노인
은 집안 살림을 바로 키아오구에게 넘길 작정
이었다. 키아오구도 시아버지를 몹시 따랐다.
하지만 기분이 나쁜 다른 며느리들은 시아버지
를 흉보았다.

"불공평해. 키아오구만 예뻐하고 우린 완전히
무시해."

창 노인은 세 며느리들의 생각을 짐작했다.

'저 아이들 마음을 돌리려면 뭔가 해야겠군.'

하루는 네 며느리를 다 같이 불러 말했다.

"내 이제 늙어서 집안 살림은 영 힘들구나. 그
래 너희들에게 다 맡길 생각이다. 제일 영리한
누군가가 해야 하겠지. 너희 넷 중에 누가 제일

영리하고 재간이 있는지 봐야겠다."

네 며느리는 입을 모아 말했다.

"그러세요."

"그래? 그러면 내가 너희들에게 무엇을 좀 시키마. 제일 잘한 며느리한
테 집안 살림을 맡기도록 하지. 알겠느냐? 나중에 딴소리 없기다!"

모두 찬성했다.

창 노인은 이어 말했다.

"우리 집안의 살림을 맡을 자는 뭐니뭐니 해도 절약을 해야 하느니라. 얼마 안 되는 재료로 되도록 많은 요리를 만들 줄 알아야 하지. 두 가지만 넣고 열 재료가 들어간 요리를 만들고, 일곱 재료가 들어간 쌀밥을 지어라. 그것을 할 줄 아는 며느리가 이 집 살림의 주인이 될 것이다."

이어 첫째 며느리에게 물었다.

"할 수 있겠느냐?"

첫째 며느리는 한참을 생각했다.

'어떻게 두 가지로 열 재료가 들어간 요리를 만들지?'

그래서 대답했다.

"농담하지 마세요. 그건 불가능해요."

창 노인은 둘째 며느리한테 물었다.

"너는?"

둘째 며느리도 생각했다.

'일곱 재료가 들어간 쌀밥은 한 번도 안 지어봤는데.'

그래서 대답했다.

"아버님, 놀리지 마세요. 그건 만들 수 없는 거
예요."

이번에는 셋째 며느리 차례였다. 두 형님도 못
하는 것을 어떻게 자기가 할까 하며 잠자코 있
었다. 창 노인은 셋째 며느리의 성격을 잘 아는
지라 이렇게 말했다.

"너는 당연히 모르지?"

마지막으로 막내며느리 키아오구에게 물었다.

"너는?"

키아오구는 잠시 생각해보고는 말했다.

"한번 해보겠어요."

키아오구는 부엌으로 들어가더니 좀 있다가 부
추계란덮밥과 완두콩을 넣어 지은 쌀밥을 가져
왔다.

창 노인은 이를 보고 말했다.

"열 가지 재료가 들어간 요리 하나랑 일곱 가지
재료가 들어간 쌀밥을 해오랬다. 두 요리에는

재료가 두 가지씩 밖에 없는데?"

"부추중국어 발음이 숫자 9와 똑같다에다 계란이니 10이 아닌가요? 완두
중국어 사투리로 숫자 6과 발음이 똑같다에다 쌀이니 7이 아닌가요?"

키아오구의 설명이었다.

노인은 흡족해하며 넷째 며느리에게 당장 집 열쇠를 내주었다.

그 이후 모든 집안 살림은 키아오구가 맡았고, 가족은 평안하고 행복하
게 지냈다.

하루는 딱히 할 일이 없던 창 노인이 대문 앞에 쪼그리고 앉아 햇볕을 쪼
이고 있었다. 고생했던 지난날들이 주마등처럼 흘러갔다. 빚도 없고, 이
제는 만사형통이었다. 감개무량해하는데 순간 문구 하나가 생각났다. 노
인은 손가락에 흙을 묻혀 대문에 적었다. '각자도생各自圖生각자 알아서 자기 인생
을 살아감.'

하필 그날, 마을 수령이 가마를 타고 그 앞을 지나가게 되었다. 수령은 보
란 듯이 대문 위에, 그것도 흙으로 갈겨쓴 사자성어를 보고는 괘씸한 생
각이 들었다.

"어디서 감히! 각자 알아서 산다고? 이런 배은망덕한 놈이
있나. 이 수령님의 은혜 덕에 백성이 사는 거지. 나를 무

시해도 유분수군. 본때를 보여주지!"

그러고는 고함을 쳤다.

"무엇하도다! 당장 이 글을 쓴 놈을 잡아오너라!"

병사들이 창 노인을 바로 끌어내었다.

수령은 눈을 크게 뜨고 말했다.

"나는 무슨 머리 셋 달리고 팔 여섯 달린 괴물이 썼나 했더니. 문자를 좀 아시니 남다른 재주도 있겠소. 3일 이내에 이 세 가지를 나한테 갖다 바치시오. 만일 가져오지 않으면 모욕죄로 처벌하겠소. 각자도생? 그거 한 번 해보시지!"

창 노인은 당황해서 물었다.

"세 가지라니요?"

"황소가 낳은 송아지, 바다를 채울 기름, 하늘을 덮을 검은 천! 만일 하나라도 안 가져오면 어찌 되는지 두고 보시오!"

수령은 관아로 돌아갔다.

기가 막힌 창 노인은 머리를 쥐어짜보았지만 소용없었다. 근심에 식욕이 줄고 잠도 오지 않았다. 시아버지가 좀 이상해 보여 키아오구가 물었다.

"아버님, 무슨 일이세요? 저한테 말씀해보세요."

"아, 그 문구를 쓰는 게 아니었는데. 이제 와 너한테 말해

봤자 소용없다."

"네? 무슨 말씀이세요? 말씀해보세요. 제가 도울 수도 있

잖아요."

창 노인은 무슨 일이 있었는지 자세히 이야기했다.

키아오구가 말했다.

"아버님 말씀이 틀린 게 아니잖아요. 각자도생. 우리는 다른 사람한테 의

존하지 않고 우리 힘으로 살아가고 있잖아요. 가만 계셔

보세요. 제가 알아서 할게요."

3일 후 수령이 와서는 큰 소리로 말했다.

"여봐라! 창 굴라오는 어디 있느냐?"

키아오구는 침착하게 수령 앞에 나타났다.

"아버님은 지금 안 계십니다."

"무엇이라? 도망을 친 게냐?"

수령은 눈을 부릅뜨고 말했다.

"도망을 치신 게 아닙니다. 아기를 낳으러 가셨어요."

"뭐? 아기를 낳는 건 세상에 여자밖에 없다. 어떻게 남자

가 아기를 낳는단 말이냐?"

수령은 황당하다는 듯 말했다.

"잘 아시네요. 수컷은 새끼를 낳을 수 없는 법이지요. 그런데 왜 황소가
낳은 송아지를 가져오라 하셨습니까?"

할 말을 잃은 수령은 잠시 입을 다물었다.

"뭐, 그건 그렇다 치자. 그러면 두 번째 물건은?"

"뭘 말씀이십니까?"

"바다를 채울 기름 말이다."

"그건 쉬워요. 우선 바다의 물을 비워주세요. 그래야 채우죠."

"뭐? 바다가 얼마나 큰데, 그 물을 나보고 비우라 하느냐?"

"바다에 물이 가득 차 있는데, 저희보고 어떻게 바다를 기름으로 채우라
하십니까?"

얼굴이 붉어진 수령은 버럭 소리를 질렀다.

"알았어! 그렇다 쳐! 그럼 세 번째는?"

"뭘 말씀이십니까?"

"하늘을 덮을 검은 천!"

"알았으니 하늘의 너비와 길이를 알려주세요."

"그걸 내가 어떻게 알아! 그건 아무도 몰라."

"치수를 모르는데 하늘에 맞는 천을 어디서 구합니까?"

이번에도 할 말이 없어진 수령은 얼굴이 완전히 빨개져서는 황급히 자리를 떴다.

그날 이후 창 노인네 집은 더욱 유명해졌다.

그 집에 아주 영리한 노인과 아주 지혜로운 며느리가 살고 있다는 소문이 났기 때문이었다.

백치와 인삼 처녀
만주족 이야기

만주 신펑이라는 지역에는 여덟 성씨가 살았다. 퉁, 관, 마, 쑤어, 치, 나, 푸, 랑. 지금부터 하는 이야기는 랑 씨네 이야기다.

아주 옛날 랑 노인은 창파이찬이라는 깊은 산골에서 아들과 함께 살았다. 이들 부자는 얼마 안 되는 땅뙈기를 일구며 살고 있었다. 해마다 붉은 인삼꽃이 올라오는 시기가 되면, 밭을 놔두고 서둘러 깊은 산속으로 들어갔다. 꼭 사람 몸처럼 생긴, 약으로 쓰이는 인삼을 캐러 가는 것이었다.

그해에도 이들 부자는 산속으로 들어갔다. 계곡 근처에 도착해 무심히 고개를 숙이다가, 놀랍게도 붉은 인삼꽃을 발견했다. 붉은빛이 하도 눈부셔서 눈을 뜰 수가 없었다. 랑 노인은 기뻐 소리를 질렀다.

"백치야!"

그의 아들은 물론 바보가 아니었다. 그저 말수가 적고 좀 명했을 뿐인데 지나치게 솔직하고 순박한 태도 때문에 마을 사람들 모두 그를 백치라고 불렀다.

노인이 말했다.

"이 계곡에 필시 큰 인삼 뿌리가 있을 것이다. 넌 여기 있으면서 길을 살펴라. 난 저쪽으로 한번 가보마. 이걸 명심해라. 뭐가 됐든 뭔가 달려오는 게 보이면 꽉 잡아야 한다. 손에서 절대 놓치면 안 된다. 무슨 말을 해도 넘어가지 말고. 알았느냐?"

백치는 기어 들어가는 목소리로 알겠다고 했다. 노인은 낫을 들고는 숲길을 따라 내려갔다. 계곡 저 건너편으로 가보려는 것이었다. 백치는 눈을 크게 뜨고는 앞만 똑바로 쳐다보았다.

반 시간쯤 지났을까? 한 젊은 처녀가 계곡에서 툭 튀어나왔다. 빨간 저고리에 빨간 바지를 입고 있었다. 처녀는 백치 옆으로 오더니 빙긋 웃었다. 백치의 가슴은 마구 뛰기 시작했고 수줍음에 얼굴을 슬쩍 돌렸다. 처녀는 이때다 하며 달

아났다. 잠시 후, 아버지가 숨을 헐떡이며 달려왔다.

"자, 자, 잡았느냐?"

"뭘요?"

"아무것도 못 봤느냐?"

"어어, 무얼 보긴 봤는데."

"그래! 무얼 봤느냐?"

"여자."

"잡았어? 어디 있어?"

"그러니까, 어떻게, 아니 그러니까, 어떻게 그렇게 해요?"

노인은 낫을 땅에 패대기치며 분에 차서 말했다.

"이런 바보 같은 놈! 아무짝에도 쓸모없는 놈! 다 글렀어! 내년을 또 기다려야 하잖아!"

한 해가 흘러 아버지와 아들은 다시 산으로 들어갔다. 이번에도 노인이 일렀다.

"이번에는 꼭 잡아야 한다. 절대로 놓치면 안 돼. 이번엔 어떤 변명도 하지 마라."

"예, 예."

백치가 대답했다.

노인은 또 계곡 건너편으로 갔고, 백치는 이번에도 길 한가운데 딱 버티고 섰다. 불안해서 주변을 계속 두리번거리는데, 그 순간 작년과 똑같이 빨간 저고리에 빨간 바지를 입은 처녀가 달려왔다. 이번에는 얼굴을 돌리지 않았다. 그러고는 눈을 부릅뜨고 똑바로 쳐다보았다. 아! 처녀는 너무나 가냘프고 여렸다. 버들가지처럼 하늘거렸다. 크고 초롱초롱한 눈, 그 위에 초승달같이 긴 눈썹, 얼굴은 사과처럼 동그랬다. 입술은 앵두처럼 어찌나 빨간지. 백치는 태어나서 한 번도 그런 미인을 본 적이 없었다. 독수리가 들판 위를 빙빙 돌다가 곡식을 쪼아먹느라 정신이 나간 참새들을 낚아채듯이 백치는 처녀를 향해 달려들었다. 두 팔을 벌리고 온몸에, 양다리에 힘을 줬다. 그런데 팔이 처녀 몸에 닿을락말락 하는 순간 갑자기 몸이 기우뚱거렸다. 뜨거운 파도가 온몸에 몰려드는 것 같았다. 얼른 손을 뒤로 뺐다.
심장이 뛰었다. 얼굴을 돌리고 그는 이렇게 말했다.

"가!"

백치는 길을 터주고는 나무 그늘에 앉아 머리를 두 손으로 감싸 쥐었다.
잠시 후 나타난 아버지는 가쁘게 숨을 몰아쉬며 물었다.

"인삼이 여기로 지나가지 않았느냐?"

"예."

"한데 뭐 했어?"

"부, 부끄러워서."

아버지는 자기도 모르게 아들의 뺨을 후려쳤다.

"가난한 건 안 부끄럽고? 배고픈 건 안 부끄럽고?"

노인은 단단히 화가 나 산골 움막집으로 돌아갔다. 그러나 그다음 해에
도 아들과 함께 계곡에 왔다.

"백치야, 이 늙은 애비가 하는 말을 잘 들어보아라. 평생 이 산골에서 살
았지만 운이 안 따랐다. 산삼 뿌리 한 번 보지 못했지. 그래서 우리가 가
난한 것이다. 재산도 없고 널 장가보낼 돈도 없다. 이러니 처녀들이 네 옆
에 얼씬거리지 않는 거다. 네 나이 이제 스물 아니냐. 어떡할 셈이냐? 우

리가 여기서 산삼 뿌리만 찾으면 된다. 그러면 고생은 끝이니 이번에는
꼭 찾자꾸나. 그리고 고향으로 돌아가자. 너한테 딱 맞는 짝을 찾아주마.
이번에는 정말 인삼 처녀를 그냥 놔줘서는 안 된다. 절대 안 된다. 알아들
었느냐?"

"예!"

백치는 바짝 긴장해서 길을 살폈다. 아니나 다를까. 잠시 후 처녀가 다시
계곡에서 튀어나왔다. 백치는 한마디도 하지 않았고, 처녀를 잡아당겨
끌어안았다. 처녀는 백치의 무쇠 같은 팔에서 빠져나오려고 몸부림을 쳤
지만 백치는 젊고 힘이 셌다. 그 품 안에서 도저히 빠져나갈 수 없었다.
처녀는 애원했다.

"제발요, 절 좀 놔주세요. 저는 990일 된 산삼이에요. 1년만
있으면 불사의 몸이 돼요. 그리 무정하신 분이 아니잖아
요. 제가 그동안 참고 견뎌온 수많은 날을 모두
잃게 만드실 건가요? 착한 분인 거 잘 알아
요. 제발 절 불쌍히 여겨주세요."

인삼 처녀는 눈물이 얼굴에 강물처럼 흐르도록
애원하고 간청했다. 백치의 마음은 그만 녹아버렸다.

살면서 여태 누구에게도 상처 준 적이 없는 그였다. 설령 자신이 평생 가난하게 산다 해도 처녀를 아프게 하고 싶지 않았다. 백치는 팔을 풀며 말했다.

"가!"

처녀는 고맙다며 연신 절을 했다.

여전히 빈손인 아들을 본 아버지는 격노했다.

"너, 너! 도대체 무슨 일이냐? 왜 또 풀어준 거야?"

"저는, 저는, 도저히 그럴 수가 없었어요."

아버지는 아들을 기가 차서 쳐다보더니 깊은 한숨을 내쉬었다.

힘이 빠진 두 사람은 산골 움막집으로 돌아갔다.

거적 위에 누운 아버지는 눈가에 눈물이 고인 채 아들에게 말했다.

"기운이 없다. 더 싸울 힘도 없구나. 다 내 탓이다. 너를 이렇게 만든 건."

백치는 고개를 가로저으며 울었다.

"아니에요. 아버지가 옳아요. 다 제 잘못이에요."

노인은 고개를 가로저었다.

"아니다. 넌 착하디착한 애다. 널 원망하지 않는다. 하지만 지금 세상은 착하다고 밥 먹여주지는 않는다. 다음번에 태어나면 더 영악한 놈이 되거라."

아버지는 마지막 숨을 내쉬었다.

백치는 울고 또 울었다. 어찌할 바를 모르고 한동안 아버지 옆에 멍하니 있었다.

만주족 전통에 따라 아버지를 화장하기 위해 백치는 마른 나뭇가지를 꺾었다. 깊은 산골에 혼자 외로이 살 생각을 하니 가슴이 저몄다. 슬픈 마음을 가눌 길이 없었다. 나무 그루터기 위에 멍하니 앉아 있으니 눈물이 앞을 가렸다. 해가 서산으로 기울어서야 백치는 터벅터벅 움막집으로 돌아왔다. 문지방을 넘는데, 순간 몸이 그대로 굳었다. 송진 횃불이 움막집 안을 환히 밝히고 있었고, 김이 모락모락 나는 밥상이 차려져 있었다. 그리고 빨간 저고리에 빨간 바지를 입은 처녀가 바로 앞에 서 있었다.

"그때 그분?"

"예, 저예요."

"갈 데가 없는 겁니까?"

백치는 안쓰러워 물었다. 아버지도 안 계신 마당이니 이젠 마음대로 도와줄 수 있었다. 처녀보고 움막집에서 지내라 하고 자신은 산속 동굴에 들어가 아무 생각 없이 쉬고만 싶었다.

처녀는 떠날 채비를 하는 백치를 붙잡았다.

"당신은 저를 세 번이나 놓아주신 분이에요. 그 때문에 여러 번 곤경을 치렀고요. 저는 인삼 뿌리에 불과하지만 인간들처럼 선과 악이 무엇인지, 따뜻한 것과 차가운 것이 무엇인지 구분할 줄은 알아요. 당신 옆에는 지금 아무도 없어요. 아버지도 안 계시고 부인도 없잖아요. 저를 버리지 마세요. 제가 당신의 아내가 되겠어요."

"예에?"

세상에 그런 말을 하다니! 백치는 이렇게 아름다운 여자가 내 아내라면

얼마나 좋을까 생각했다. 하지만 자신이 얼마나 가난한지를 떠올렸다. 이렇게 아름다운 여자를 고생시킬 수는 없었다. 문을 열어주며 백치는 말했다.

"저 같은 놈한테는 과분하십니다."

처녀는 다시 그를 붙잡았다.

"저는 두렵지 않아요. 당신과 함께라면 어떤 고생이든 좋아요. 당신의 착한 마음이 세상의 그 어떤 값진 보화보다 저에게는 소중해요. 평생을 당신과 함께할 수 있다면 저는 정말 행복할 거예요."

백치는 감동해 눈물을 쏟더니 금세 행복한 웃음을 지었다.

둘은 그날 저녁 혼사를 치렀고, 행복한 나날들을 보냈다. 어느덧 일년이 지났지만, 시간이 그리 흐른 줄도 몰랐다. 산속에 붉은 인삼꽃이 또 피었는데 그런 줄도 몰랐다. 그러나 아버지가 돌아가신 지 일 년이 된 것은 잘 알고 있었다. 백치는 아내에게 말했다.

"마을에 내려가봐야 돼요."

아내는 놀라서 물었다.

"마을에는 왜요?"

"아버지 유골을 묻어야지요."

아내는 그 말을 듣고는 고개를 끄덕였다.

"다녀오셔야지요. 하지만 빨리 돌아오셔야 해요!"

"다만 나는, 나는……."

백치는 고개를 푹 숙이고 말을 더듬었다.

아내는 무슨 일인지 걱정이 되어 물었다.

"다만 나는, 나는, 뭐요?"

백치는 한숨을 크게 한 번 내뱉더니 말했다.

"나는, 나는 당신 없인 못 살아요."

아내는 활짝 웃더니 부채를 하나 꺼내면서 말했다.

"이거 받아요! 제가 보고 싶으면 이 부채를 펴봐요. 제가 보일 거예요. 그런데 조심해야 해요. 당신 혼자 있을 때만 펴야 해요, 꼭요! 절대 잊지 마세요."

"절대 안 잊겠소. 약속해요."

백치는 맹세했다. 아버지 유골이 들어 있는 항아리를 등에 지고 산을 내려갈 채비를 하는데 아내는 또 작은 주머니를 하나 내밀었다.

"여기에 산삼 몇 뿌리가 들어 있어요. 산 밑에 작은 약재상들이 있을 거예요. 거기다 파세요. 그 돈으로 써야 할

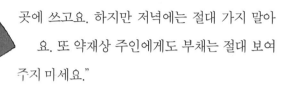

곳에 쓰고요. 하지만 저녁에는 절대 가지 말아
요. 또 약재상 주인에게도 부채는 절대 보여
주지 미세요."

"알았어요."

백치는 웃으며 대답하고는 천천히 길을 내려갔다. 왠지 가기 싫
은 사람처럼 아주 천천히, 천천히.

산길을 한참 내려가 산을 거의 다 빠져나올 즈음 약재상들의 호객 소리
가 시끄럽게 들리기 시작했다.

"하이고, 어서 오십시오! 아까부터 손님을 죽 보고 있었수다. 자, 물건 한
번 봅시다!"

백치가 됐다고 손사래를 치는데도 막무가내로 가게로 끌고 들어갔다. 가
게 한쪽에는 진수성찬이 차려진 상이 있었다. 상인은 입가에 번지르르한
웃음을 흘리며 어서 들어오라고 연신 손짓을 했다.

"어서요, 어서! 손님, 시장하실 텐데 일단 요기부터 하시죠."

백치는 괜찮다며 손을 내저었다.

"아닙니다. 그냥 제 물건부터 보시지요."

백치는 아내가 준 주머니를 상인한테 내밀었다. 상인은 주머니 끈을 살

살 풀더니 안을 힐긋 들여다보았다. 별거 아닌 인삼 뿌리 몇 가 닥만 들어 있을 뿐이었다. 상인은 고개를 홱 쳐들며 말했다.

"손님, 저희가 다 압니다. 수십 년 된 산삼 뿌리를 가지고 계시잖아요. 걱 정 마십쇼. 저희가 안 뺏어가니 한번 보여만 주세요."

"무슨 말씀이세요. 이게 전부예요."

"하이고, 그럼 부채라도 보여주십쇼. 멋진 부채를 하나 들고 계시던데."

"안 돼요! 우리 부인이 안 된댔어요!"

거짓말이라고는 모르는 백치는 얼버무리지도 않고 사실 그대로 말하고 말았다.

"아, 그래요? 알았어요, 알았어. 시장할 텐데, 우선 드십쇼."

상인은 중국 북부 지방에서 '크창'이라 부르는 벽돌 보온기 위에 백치를 앉히고는 계속 술잔을 권했다. 그러더니 또 살살 꾀면서 말했다.

"손님 부채 속에 천 년 묵은 산삼 뿌리가 숨겨져 있는 거 알아요? 값을 매길 수 없을 만큼 귀한 거죠. 저한테 파시면 절대 손해는 안 봐요. 끝도 안 보이게 너른 옥토를 살 수도 있고, 쳉양에 사는 황제님보다 더 크고 화 려한 궁을 지을 수도 있어요. 신하고 하녀고 수천 명을 거느리면서요. 손 님의 자자손손까지 누릴 금은보화를 다 드리겠소!"

그러나 백치는 끄떡도 안 했다.

"아니, 안 팔겠소!"

백치는 불안하게 문 쪽을 쳐다보며 그만 나가려고 했다. 상인은 또 붙잡았다.

"알았어요. 안 파신다? 한데 부인께서 부채를 우리에게 보여주면 안 된다고 했어요?"

백치는 자기 어깨 위에 올라와 있는 상인의 손을 털어내며 말했다.

"부채를 펼칠 때 아무도 제 옆에 있으면 안 됩니다. 우리 부인이 그랬어요. 그러니까 당연히 그래야죠."

백치는 입구 쪽으로 걸어갔다. 그런데 어이쿠! 하며 그만 머리를 기둥에 부딪히고 말았다. 술에 영 익숙지 않아 딱 두 잔 마셨을 뿐인데도 세상이 눈앞에서 핑핑 도는 것 같았다.

상인은 두 손을 비비면서 말했다.

"장사는 장사고 사람 도리는 또 도리 아니겠습니까? 벌써 이렇게 날이 어두워졌는데, 그냥 저희 집에서 주무시고 가시죠."

상인은 휘파람으로 조수를 불러들였다.

"어서 손님을 위층 침실에 모셔다 드려라."

50

백치는 차마 그것마저 거절할 수 없어 위층 방으로 올라갔다. 피곤한데다 술까지 먹은지라 머리를 베개에 대기가 무섭게 곯아떨어졌다. 백치가 분명 부채를 손에 꼭 쥐고 잠들었을 거라고 짐작한 상인은 걷저고리에 다른 부채를 숨기고 들어와 얼른 백치의 부채와 맞바꾸었다. 그런데 잠든 중에도 뭔가 인기척을 느꼈는지 백치가 바로 눈을 떴다. 그리고 상인 손에 자기 부채가 들려 있는 것을 보았다. 기겁해 몸을 막 일으키려는데, 상인은 이미 부채를 펼치고 있었다. 순간 빛이 번쩍 일더니 빨간 저고리에 빨간 바지를 입은 여자가 튀어나와 얼이 나간 사람처럼 두 사람 주위를 뱅뱅 돌았다. 상인은 잽싸게 손을 뻗어 여자를 붙잡았고, 백치는 상인을 향해 냅다 몸을 날렸다. 둘은 바닥에 엉겨 치고 박았다. 여자는 이 틈을 타 창문 쪽으로 뛰어갔다. 그런데 이때 뭔가 바닥에 떨어졌다. 작고 여린 인삼 뿌리였다. 둘 사이에서 태어난 아기 인삼일까? 그렇다. 바로 아기 인삼이었다. 바로 옆에 있던 조수는 이거라도 잡자며 얼른 움켜쥐었고, 여자는 이미 사라지고 없었다. 상인은 조수에게 넘겨받은 그 작은 인삼 뿌리를 보며 중얼거렸다.

"에이, 천 년 된 뿌리는 놓쳐 원통하다만 이 새끼 뿌리라도 건졌네. 같은 품종에서 나온 거니 뭐 괜찮겠지. 이거라도 비싸게 팔아야지."

백치가 상인한테 다가가 말했다.

"당신 정말 못됐군요! 그런 식으로 사람을 속여먹어요?"

두 사람은 아기 인삼을 서로 가지려고 다시 다퉜다. 이때 치직! 하고 그만 아기 인삼이 둘로 갈라졌다.

상인은 화가 나 갈라진 인삼의 절반을 백치에게 던졌다.

"이런 한심한 놈이 있나! 이렇게 귀중한 것을 망가뜨려? 가! 썩 꺼져!"

상인은 백치를 더 이상 잡지 않았다. 백치는 등에 아버지 유골함을 메고, 찢어지게 아픈 가슴 위에 찢어진 아기 인삼을 단단히 끈으로 묶은 다음 마을을 터벅터벅 내려갔다.

밤은 깊어갔고 백치는 서럽게 울었다. 그가 지친 발을 뗄 때마다 그의 눈물이 아기 인삼 위에 떨어졌다. 백치는 아내 말을 듣지 않은 것을 후회하고 또 후회했다. 동이 트기 시작하니 마을 집채들이 하나둘 보이기 시작했다. 백치는 마을로 들어가지 않고 바로 묘지터로 갔다.

유골함을 등에서 내려 바닥에 놓았다. 땅을 파고 구멍에 유골함을 잘 안장한 다음 흙을 덮어씌워 높고 둥근 무덤을 만들었다. 그러고는 작은 무덤 하나를 더 만들어 아기 인삼을 눕혔다. 백치는 쓰디쓴 눈물을 하염없이 흘리며 두 무덤 사이에 슬프게 앉아 있었다. 통곡 소리가 저절로 흘러나왔다.

"아버지, 못난 아들이 아버지의 유해를 이제야 모시게 되었습니다. 못난 아들이 아버지가 하신 말씀을 이제야 슬프고 슬프도록 되뇌어봅니다. 요즘 세상엔 착한 게 아무 소용없다 하셨지요? 인삼 아가씨와 몇 날은 참으로 행복했습니다. 하지만 상인의 욕심으로 저는 다시 비참한 지경에 빠졌습니다. 또 혼자입니다. 외롭습니다. 괴롭습니다! 아버지, 며느리가 어디로 갔는지 말씀드리기조차 민망합니다. 딱 하나 있는 손자가 제 어미도 보지 못하고 세상을 떠났습니다. 그 아이를 여기 묻습니다. 아버지 바로 옆에 말입니다. 아버지 말벗이라도 하시라고요."

백치는 흐느끼고 흐느끼다 잠시 입을 굳게 다물고 고개를 떨어뜨렸다. 참담한 표정으로 머리를 땅에 세 번 박았다. 그리고 고개를 드는데, 아기 인삼의 무덤에서 작은 새싹이 올라오는 게 아닌가! 서서히 푸른 이파리가 나더니 산속의 그 붉고 성성한 인삼꽃이 피어올랐다. 그러고는 꽃잎들이 활짝 벌어지더니 그 사이에서 어린 남자아이가 뛰쳐나와 갑자기 그의 목을 끌어안더니 "아빠!" 하는 게 아닌가!

백치는 아들을 으스러질 듯 껴안았다. 바로 그때였다. 뒤에서 작은 웃음소리가 들렸다. 얼른 뒤를 돌아본 그는 얼이 빠지고 몸이 굳어버렸다. 빨간 저고리에 빨간 바지를 입은 아내가 그 앞에 있는 것이었다.

가족은 다시 하나가 되었다. 셋은 백 년도 더 된 깊고 깊은 산속으로 들어갔다. 장사꾼이, 인간들이 없는 곳으로.

그 탐욕스런 장사꾼은 어떻게 되었을까? 백치가 떠난 날 밤, 가게에 불이 났다. 모든 약재가 불탔고, 그 장사꾼도 불길에 휩싸여 죽었다. 가게와 집 모두 잿더미가 되었다.

석공의 꿈
좡족 이야기

옛날에 영리하고 아주 솜씨 좋기로 알려진 젊은 석공이 있었다. 그의 솜씨는 그 지방 최고 부자의 귀에까지 들어가게 되었다. 부자는 석공에게 물건을 하나 주문하려고 그를 집에 불렀다. 석공은 난생처음 부잣집을 구경하게 되었다. 부자들은 어떻게 살까?

"침상에서 쿨쿨 자고, 보료에 퍼질러 있네. 코앞에 상어 지느러미, 갑오징어까지 매일 갖다 바치는구면. 기름진 음식만 처먹고. 야, 나도 그러고 싶다. 나는 죽어라 일만 하는데 부자들은 놀고먹네. 에이, 일도 지겨워."

석공은 화가 났다.

"이제 다시는 주문 안 받아. 이번이 마지막이야. 최대한 빨리 부자가 될 수 있는 방법을 찾아봐야겠어."

석공은 일을 하다 말고 누워서 하루 종일 천장을 쳐다보며 부자가 될 방법을 골똘히 연구했다. 하지만 방법이 없었다. 이때 한 친절한 처녀 신령이 석공의 근심을 눈치채고 도와주고자 했다.

'그가 원하는 대로 해줘야지. 부자가 되고 싶으면 뭐 부자가 되면 되지.'

처녀 신령은 생각했다.

뚝딱!

석공은 그렇게 바로 부자가 되었다. 화려한 집에 화려한 옷, 처음부터 부자였던 양 모든 게 자연스러웠다. 석공은 궁궐 같은 저택에서 빈둥대며 고상하게 지냈다.

하루는 이 마을에 황실 고관대작의 행차가 있었다. 징 소리며 북소리가 울려 퍼져 동네방네가 시끄러웠다. 마을 사람들은 다들 집에서 부리나케 뛰어나와 무릎이 땅바닥에 닿도록 꿇어

앉아 고관이 탄 가마 앞에 머리를 조아렸다. 석공만이 코빼기도 안 비쳤다. 침상에 팔자로 드러누워 맛난 음식을 오물거리고 있었다. 자기 같은 부자는 그런 행차에 일일이 신경 쓸 필요가 없다고 생각했다. 그러나 고관대작의 생각은 달랐다.

"이런 무례한 놈이 있나! 어찌 나와서 절하지 않는 게야!"

무시당한 기분이 들어 심통이 난 고관은 시건방진 석공에게 벌금 3백 냥과 매 3백 대를 내렸다.

흠씬 두들겨 맞고서야 풀려난 석공은 울화가 치밀어 고래고래 소리를 질렀다.

"기가 차는구나! 신령님도 무심하시지! 나랏일 하면 이런 꼴은 안 당할 거 아냐!"

부자도 싫어진 석공은 이제 고관대작이 될 방법을 골똘히 생각했다. 이를 지켜보던 처녀 신령은 석공이 안쓰러워 마음이 아팠다.

어느 화창한 날 아침, 석공이 눈을 떠보니 이제 부자가 아니라 권세와 명망이 있는 고급 관리가 되어 있었다.

이건 뭔가가 달랐다. 나랏일을 배운 적도 없는데 원래 관리였던 양 사람들에게 어떤 명령을 내리고, 사람들을 어떻게 혼내고 일을 시킬지 바로 알았다. 사람들 마음에 들 리 없었다. 다들 숨어서 불만을 토로했다.

"저놈은 아직도 있어? 좀 안 없어지나?"

사람들은 집에서는 심한 욕도 서슴지 않았지만 밖에 나오면 하는 수 없이 꿀 먹은 벙어리마냥 시키는 대로 하면서 예의를 갖추었다. 석공은 당연히 모든 것이 만족스러웠다. 가장 마음에 드는 것은 하고 싶은 대로 다하고 놀고 싶은 대로 다 논다는 것이었다.

하루는 신하들을 데리고 행차를 꾸려 이웃 마을에 놀러 가기로 했다. 가는 길에 아리따운 처자들을 만났다.

"이봐요! 우리 같이 놀아요!"

석공이 신이 나서 말했다.

"서둘러요! 아무도 우릴 못 보게."

행차는 처자들 뒤를 쫓았다. 한데 거기서 멀지 않은 밭에서 일하고 있던 마을 사람들이 고관대작이 온 것을 눈치챘다. 아무 말도 안 했는데 사람들이 사방에서 몰려왔다. 행차 앞에 와서 고개를 조아리고 무릎을 꿇으며 정신을 쏙 빼놓았다. 최고 관리인 석공이 가장 많이 시달려야 했다. 하, 그 좋은 팔자도 이젠 내키지 않았다.

"사람들이 고개를 조아린들 그게 뭐 좋아. 정신이 하나도 없네. 이 언덕을 넘으면 또 떼거리로 몰려오겠지?"

생각할수록 귀찮았다.

"평범한 농부가 좋겠어. 산간 마을에 가서 혼자 좀 조용히 쉬고 싶어. 거기서는 아무도 귀찮게 하지 않을 거 아냐. 스물이나 되는 신하를 거느리고 황금 가마를 탄들 그게 다 무슨 소용이야. 역시 소박한 게 좋아."

관리 노릇도 재미없었다. 이제는 산골 농부가 되고 싶었다. 친절한 처녀 신령은 이번에도 기꺼이 석공의 소원을 들어주었다.

궁궐에서 편하게 누워 있는 대신 석공은 이제 아침부터 저녁까지 땀 흘리며 농사를 지었다. 볕이 내리쬐고, 비가 오고, 서리가 내리고, 바람이 불었다. 농부가 된 석공은 자연을 벗 삼았다. 행복했다.

하루는 뙤약볕이 내리쬐었다. 살아 있는 것들은 죄다 말라비틀어졌고, 짐승들은 그늘 속으로 기어 들어갔다. 새들은 조잘거리지도 않고 나뭇잎 사이에 숨었다. 물소는 물속에 들어가 물 밖으로 코빼기만 내놓았다. 너무 후텁지근했다. 숨도 쉬기 어렵고, 걷지도 못하겠고, 말할 기운도 없고, 잠도 안 왔다. 그래도 산골 농부들은 늘 하던 대로 밭을 매고 논을 갈았다. 더위 속에서도 쑥쑥 자라는 모처럼 열심히 일을 했다. 석공 역시나

그랬다. 이마에 흐르는 땀을 연신 닦으며 이글
거리는 붉은 하늘을 쳐다보노라면 너무 눈이
시려서 저절로 감겼다.

"해야말로 제일 좋은 팔자군. 나도 해가 되면
얼마나 좋을까."

석공의 말을 듣자마자 처녀 신령은 역시나 이
렇게 말했다.

"안 될 거 없지! 네가 정 원한다면 해가 되게 해
줄게."

처녀 신령은 당장 석공을 해로 만들어 하늘 저
높은 곳에 걸어주었다.

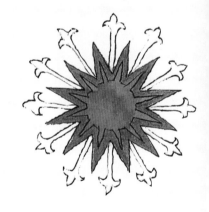

해가 된 석공은 날아갈 듯 기뻤다. 하늘을 마음
대로 돌아다닐 수 있었다. 마음대로 하늘을 밝
히기도 불타게도 할 수 있었다. 그 누구도 이래
라저래라 하지 않았다.

하루는 지평선에 구름이 나타났다. 처음에는
별로 신경 쓰지 않았지만 구름이 점점 두터워

지고 커지고 시커메지자 자세히 보지 않을 수 없었다.

"왜 저렇게 커지지? 제 스스로 저렇게 늘어나나? 저러면 내 빛이 통과를 못 하잖아."

실제로 그랬다. 구름이 하늘에 자욱한 이상은. 그것도 며칠씩 그렇게 떡 버티고 있는 이상 세상은 마치 하늘에 해가 없는 것처럼 어두컴컴했다. 에이! 해로 사는 짓도 못해먹겠다는 생각이 들었다.

"해가 빛도 비추지 못하면 그게 무슨 재미야? 구름? 그래 그건 뭔가 다르 겠다."

"그래? 그럼 그러든가."

처녀 신령은 이번에도 석공을 당장 검은 구름으로 만들어주었다.

구름이 된 석공은 신이 나서 해를 완전히 가려버렸다. 사람들이 저 아래 서 하늘을 바라보며 근심스러운 표정을 짓자 더 신이 났다. 이리 둥실, 저 리 둥실. 어디 산보나 한번 가볼까? 하늘을 마음대로 휘젓 고 다니니 정말 기분이 좋았다. 한데 어디선가 바람이 불 기 시작했다. 바람은 자꾸 구름으로 변한 석공을 밀 어댔다. 너무 밀어대니까, 웬걸 구름인 석공의 몸은 졸아들었다.

"너, 지금 뭐 하는 거야? 딴 데 가서 좀 할 수
없니?"

"그럴 수 있지. 근데 안 그러고 싶은데?"

바람이 실실 웃으며 말했다.

"난 네 뒤만 쫓아다니고 싶어."

"난 안 그래!"

구름이 된 석공이 아주 험상궂은 표정을 짓자 이번에는 저 아래 있던 사
람들이 곧 벼락이 칠 것 같다며 웅성거렸다. 바람은 구름을 전혀 무서워
하지 않았다. 푸우! 바람이 온 힘을 다해 구름을 밀어냈다. 석공은 언덕
배기까지 밀려나 옆에 서 있던 나무 하나를 겨우 붙잡았다.

"당장 멈추지 못해!"

석공은 화가 나서 소리쳤지만 바람도 덩달아 화를 내며 멈출 생각을 안
했다. 왼쪽으로 한 번 세게 밀었다가 오른쪽으로 한 번 세게 밀었다. 이번
에는 아예 둥글게 말아버렸다.

"도저히 이길 수가 없네."

바람이 계속 자기를 쫓아다니며 바지까지 찢어놓자 석공은 이러지도 저
러지도 못했다.

"바람한테 이렇게 당하는데 구름이 다 무슨 소용이야. 내, 바람이 되고 말지."

"그럼 그러려무나."

처녀 신령은 웃으며 말했고, 석공은 곧 살랑거리는 바람이 되었다.

아무 틈새로나 들어갔다 나왔다. 공기를 휘저으며 나뭇가지를, 나뭇잎을 살짝 건드리며 나갔다가 다시 돌아오고, 또 흩어졌다가 돌돌 감았다가 방정을 떨었다. 바람이 된 석공은 흐흐흐 작게, 혹은 하하하 크게 웃었다. 특히나 나무가 자기 때문에 몸을 바르르 떨면 그게 그렇게 기분이 좋을 수 없었다.

"어릴 때 빼놓고 이렇게 신난 적이 없어."

석공은 씽씽 횡횡 몸을 날렸다. 퍽! 그러다 그만 커다란 바위에 부딪히고 말았다.

"넌 예의도 없어? 고개 숙일 줄도 몰라?"

성질이 난 석공은 바위에게 따졌다.

"큰 소나무도 내가 지나가면 잘도 숙여주던데. 비켜!"

"말이 되는 소리를 해!"

바위는 끄떡도 안 하고 고집을 피웠다.

"그래? 그럼 한번 해보자고!"

석공은 비웃으며 바위를 확 쓰쳤다.

바위는 한 발짝도 안 움직였다. 우뚝 버티고 서는 석공을 가만히 쳐다보고만 있었다.

"어렵쇼? 이건 아무것도 아니지. 기다려. 내 진짜 실력을 보여주겠어."

이번에는 한 발 뒤로 물러섰다. 볼이 터지게 바람을 채운 다음 온 힘을 다해 후욱 하고 불었다. 하지만 바위는 흔들리지 않았다.

"나 참, 바람이 제일 힘센 줄 알았는데 그것도 아니네? 바위 앞에서는 힘도 못 쓰잖아. 에이, 난 왜 바위가 아닌 거야."

이번에도 처녀 신령은 석공의 마음을 다치게 하고 싶지 않았다.

그래서 당장 석공을 큰 바위로 만들어 절벽 꼭대기에 갖다 놓았다.

석공은 황홀했다.

'태양도, 구름도, 바람도 이제는 나를 어떻게 못 한다.'

산꼭대기에 떡 하니 자리를 잡고, 아래 펼쳐진 멋진 마을 풍경을 보니 아주 흐뭇했다.

"최고야. 정말 최고야. 지금까지 내가 해본 것 중 이게 최고야. 이제 정말 아무 걱정 없어."

편히 쉬고 있는데, 어디선가 사람들 소리가 들렸다.

"무슨 일이지? 이렇게 높은 데까지 사람들이 올라온단 말이야?"

그렇다. 네 명의 석공이 산을 타고 절벽 꼭대기까지 올라오고 있었다.

"바위 멋진데! 우리가 찾던 게 이런 거 아니었나?"

첫 번째 사내가 말했다.

"맞아! 그런데 이걸 어떻게 가져가지? 흠, 쉽지는 않겠어."

두 번째 사내가 바위 둘레를 한 바퀴 돌며 생각에 잠겨 말했다.

"여기서 좀 떼어가는 수밖에 없어. 가지고 가서 더 잘게 부숴야지."

"맞아! 자, 그럼 우리 연장을 가지러 가세."

세 번째 사내의 말과 함께 세 사람은 아래로 내려갔다. 석공은 자기 몸을 잘라서 떼어간다고 생각하니 여간 끔찍한 게 아니었다.

"나를 잘라간다고? 내가 석공들한테 당하는 거야? 내가 석공이잖아! 아, 그냥 석공으로 살 생각은 왜 못 했지? 사실 장인보다 더 좋은 게 어디 있겠어."

석공은 후회했고, 이 말을 들은 처녀 신령은 말했다.

"네가 정 원하면 너를 다시 석공으로 만들어줄게. 하지만 명심해, 이번이 마지막 소원이어야 해."

"나도 많이 생각해봤어. 바위고 뭐고 다 싫어!
제발, 난 그냥 석공 할래."

처녀 신령은 웃었다. 그리고 마지막으로 소원
을 들어주었다. 많은 것을 보고 겪고, 어떤 것
이든 좋은 점과 나쁜 점이 있기 마련이라는 것
을 깨달은 석공은 더 이상은 다른 것이 되려고
하지 않았고 자기 일에만 충실했다. 몇 년 동안
힘들게 공들여 일한 덕에 석공은 부자가 되었
다. 석공은 많은 이들의 칭송을 받으며 오래오
래 행복하게 살았다.

물동이를 든 양귀비 처녀
어룬춘족 이야기

옛날 옛적 쿠에르빈 강가에 예순 살쯤 먹은 사냥꾼이 살았다. 늙은 사냥꾼에게는 얀지아오라는 아들이 있었다.

어느 날 아침 얀지아오는 하늘을 나는 하얀 새를 보았고, 새를 향해 화살을 날렸다. 화살을 맞은 새는 강에 떨어졌다. 얀지아오는 새를 건지려고 달려갔지만, 이미 물살에 떠내려가버렸다. 아깝고 분했다.

그때 강 건너편, 머리에 빨간 양귀비꽃을 꽂은 처녀가 나타났다. 손에는 자작나무 물동이를 들고 있었다. 물동이에는 물이 가득 차 있었다. 처녀는 강 건너편에서 얀지아오를 바라보며 노래를 불렀다.

　쿠에르빈 강가의 사냥꾼님,

왜 이리 기운이 없으시나요?

그대는 매보다 강한 분,

기쁨과 행복은 모두 그대의 것이지요.

청년 얀지아오는 한마디도 하지 않고 화살을 쏘아 물동이를 맞혔다. 처녀는 손으로 구멍을 막으며 말했다.

"물동이 정도를 쏘는 건 아무것도 아닙니다. 당신의 용맹함을 증명하고 싶다면 7단 발판을 타야 오를 수 있는 당신 아버님의 말에 올라보세요. 그러면 제가 감탄하지요."

집에 돌아온 얀지아오는 아버지에게 물었다.

"아버지, 7단 발판이 있는 말이 어디 있습니까? 그 말을 한번 타보게 해 주십시오."

"말도 안 되는 소리 마라! 죽고 싶은 게냐? 나도 그 말은 감히 엄두도 못 냈다."

고집 센 얀지아오는 말을 듣기는커녕 아버지를 끈질기게 설득했다. 아버지도 하는 수 없었다.

"후앙시 언덕 마을로 가봐라. 언덕배기에 물이 가득 채워진 물동이가 있을 것이다. 혹시라도 물동이가 비어 있으면 언덕 발치의 풀이 무성한 못 가로 가야 한다. 말은 수천수만 배 조심해서 타야 한다."

얀지아오는 출발했다. 후앙시 언덕 마을에 발을 들어놓기가 무섭게 저쪽에서 그 말이 달려왔다. 말굽은 종려나무 잎처럼 두터웠고, 말갈기는 거의 땅바닥까지 내려왔다. 얀지아오는 말에 비하면 아기처럼 작았다. 깜짝 놀라 잠시 뒤로 물러났다 생각해보니 자신이 한심했다.

"이걸 타려고 내가 온 거 아닌가? 무서워하면 안 되지."

얀지아오는 말에게 조심스레 다가갔다. 그런데 어느새 말은 갈기를 흔들며 벌써 저만치 달려가고 있었다. 말을 앞지르려면 지름길로 가야 했다. 얀지아오는 오솔길을 택해 뛰었다. 어느 나무에 올라가 말이 오는 길목을 살폈다. 말이 가까이 오자 나무에서 뛰어내려 정확히 말의 등에 착지했고, 바로 고삐를 단단히 잡았다.

성난 말은 힝힝거리며 날뛰었다. 제 몸에 붙은, 이 달갑지 않은 놈을 떼어내려고 뒷발로 일어나보기도 하고, 마구 달려보기도 했다. 얀지아오는 떨어지지 않으려고 죽을힘을 다해 갈기를 꽉 잡고 말의 등에 몸을 딱 붙였다. 해가 뉘엿뉘엿 질 무렵, 진이 다 빠진 말은 마침내 얌전해졌다. 온몸이 땀에 젖어 코를 킁킁거릴 때마다 하얀 김이 풀풀 나왔다. 이따금 말

굽을 땅에 부비며 발을 바르르 떨었다.

얀지아오는 승리한 전사처럼 당당하게 말을 타고 집으로 돌아왔다. 그리고 쿠에르빈 강가에 이르러 다시 그 처녀를 만났다. 처녀는 똑같이 머리에 양귀비꽃을 꽂고 손에는 자작나무 물동이를 들고 있었다.

얀지아오는 지난번처럼 화살로 물동이를 맞혔다. 처녀는 고개를 들더니 조용히 말했다.

"당신이 말을 길들일 줄 알았어요. 하지만 이것만으로는 충분하지 않아

요. 용사라는 이름을 얻으려면 여기서 수백 리 떨어진 판구라는 강변 마을에 가서 당신을 기다리고 있을 푸메이라는 처녀를 찾아요. 그 처녀와 혼인하세요. 당신 아버지를 잘 모실 처녀예요. 하지만 가는 길에 온갖 난관을 만날 거예요."

처녀는 이 말만 남기고는 어디론가 사라졌다.

집에 돌아온 얀지아오는 아버지에게 물었다.

"아버지, 판구라는 강변 마을에 푸메이라는 여자가 살아요? 저랑 결혼하려고 거기서 저를 기다리고 있대요. 제가 그 아가씨와 결혼하면 아버지를 아주 잘 모실 거라던데요."

아버지는 손사래를 치며 아들의 말을 잘랐다.

"그건 안 된다! 가다 죽는다! 그 길이 얼마나 험한지 아느냐? 이미 다른 사람들도 해본 일이지만, 결국에는 다 포기했다. 집에서 그렇게 심심하면 강가에 나가 토끼나 잡아라. 자, 늦었다. 그런 쓸데없는 생각 말고 어서 가서 자거라."

얀지아오는 자리에 누웠지만 도무지 잠이 오지 않았다. 눈처럼 반짝거리

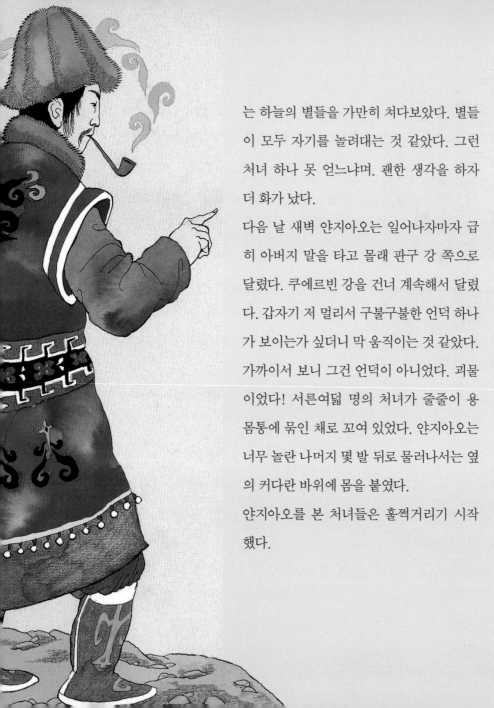

는 하늘의 별들을 가만히 쳐다보았다. 별들
이 모두 자기를 놀려대는 것 같았다. 그런
처녀 하나 못 얻느냐며. 괜한 생각을 하자
더 화가 났다.

다음 날 새벽 얀지아오는 일어나자마자 급
히 아버지 말을 타고 몰래 판구 강 쪽으로
달렸다. 쿠에르빈 강을 건너 계속해서 달렸
다. 갑자기 저 멀리서 구불구불한 언덕 하나
가 보이는가 싶더니 막 움직이는 것 같았다.
가까이서 보니 그건 언덕이 아니었다. 괴물
이었다! 서른여덟 명의 처녀가 줄줄이 용
몸통에 묶인 채로 꼬여 있었다. 얀지아오는
너무 놀란 나머지 몇 발 뒤로 물러나서는 옆
의 커다란 바위에 몸을 붙였다.

얀지아오를 본 처녀들은 훌쩍거리기 시작
했다.

용에 이리 묶여 우리는 죽습니다.

용맹한 기사님 그냥 가시면 안 되어요.

활을 멘 사수님 수수방관하시지 마세요.

우리는 피를 나눈 남매일지 몰라요.

우리를 이리 죽게 놔두실 건가요?

이 슬픈 노랫말에 얀지아오는 감동하여 역시나 노래로 화답하였다.

오, 가여운 누이들,

그대들의 고통을 내 어찌 그냥 보기만 하리오.

내 어찌해볼 터이나 행여 용을 죽이지 못한다 해도

너무 나무라지는 말아요.

얀지아오는 온 힘을 모아 활시위를 당겼다가 놓았다. 화살은 휭 소리를 내며 공중을 가르더니 용의 머리에 정확히 꽂혔다. 처녀들은 환호성을 질렀다. 얀지아오는 처녀들에게 달려갔다.

"어서 달아나요!"

숨을 거두기 전 용은 검은 피를 토했고, 얀지아오의 가슴에 그 피가 튀었다. 얀지아오는 외마디 비명을 질렀다.

"앗, 뜨거워!"

그러더니 기절해버렸다.

처녀들은 이 광경에 놀라 어찌할 바를 모르고 발을 동동 굴렀다. 어떻게 하면 좋을까 궁리하고 궁리했다. 그때 용의 머리에 진주알이 박혀 있는 것이 눈에 띄었다. 얼른 진주알을 떼어 청년의 가슴에 올려놓고 이마에 찬물을 끼얹었다. 뒤 이어 청년을 둥글게 둘러싸고 흐느끼며 노래 불렀다.

깨어나요! 용감한 분!
저희는 그대에게 목숨을 빚졌어요.
그대가 이리 돌아가시면
저희는 어찌 살라고요.

이 노래를 들었는지 얀지아오는 조금씩 눈을 뜨기 시작했고 가슴도 조금씩 움직이기 시작했다. 처녀들의 부축을 받아 겨우 일어나서는 정신을 차리고 주변을 둘러보았다. 처녀들이 활짝 웃으며 쳐다보고 있었다. 얀지아오는 갑자기 부끄러워져 귀까지 빨개졌다. 당장 떠나고 싶었지만 처녀들이 그를 붙잡으며 입을 모아 말했다.

"안 돼요, 안 돼! 저희를 구해주셨는데, 저희는 아무것도 해드린 게 없답니다."

"당신은 정말 대단했어요."

처녀들 가운데 하나가 말했다.

"부끄럽사오나 저희 중 한 명을 부인으로 택하셔도 좋아요."

"고맙습니다. 하지만 저는 판구 강변 마을에 사는 푸메이라는 처녀를 찾아가는 길입니다."

"푸메이는 잊으세요. 세상에 제일가는 미녀들이 모두 여기 있습니다. 용한테 불려온 것도 그 때문이지요. 굳이 다른 처녀를 찾을 필요가 있을까요?"

난감했지만, 거절하기도 미안해서 얀지아오는 처녀들에게 잠시 눈길을

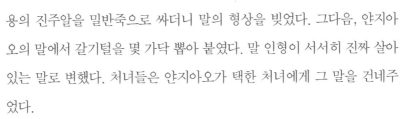

던졌다. 제일 뒤에 서 있던 한 처녀가 눈에 들어왔다. 더 생각해볼 것도 없이 바로 대답했다.

"저분요."

사실 전에 어디서 본 듯한 얼굴이었다.

처녀들은 분주히 뭔가를 준비하기 시작했다.

용의 진주알을 밀반죽으로 싸더니 말의 형상을 빚었다. 그다음, 얀지아오의 말에서 갈기털을 몇 가닥 뽑아 붙였다. 말 인형이 서서히 진짜 살아 있는 말로 변했다. 처녀들은 얀지아오가 택한 처녀에게 그 말을 건네주었다.

얀지아오와 처녀는 다른 처녀들과 작별 인사를 하고 출발했다. 산딸기나무가 무성한 곳에 이르렀을 때 얀지아오가 처녀에게 물었다.

"제가 잘못 본 게 아니라면, 혹시 쿠에르빈 강가에서 뵌 그분 아닌가요?"

"세상에는 참으로 닮은 사람이 많지요."

처녀는 활짝 웃으며 대답했다.

"그렇긴 하죠. 그 처녀는 머리에 꽃을 꽂고 있었어요."

"전 어떤데요?"

"아름다우세요."

"그러니까 왜 그런 바보짓을 해요. 제가 있는데 뭐하러 알지도 못하는 푸메이라는 처녀를 찾겠다는 거예요."

처녀가 자못 심각하게 말했다.

"미안해요. 하지만 이미 정해진 운명입니다. 제 마음이 변해서는 안 됩니다."

"알겠어요. 그러면 오누이로 지내는 건 어때요?"

"좋아요!"

얀지아오는 활짝 웃었다.

"제가 푸메이와 결혼하게 되면 당신에게 꼭 어울리는 미남을 찾아드릴

게요."

"말씀만이라도 고마워요. 그 처녀를 만나면 저 같은 건 까마득히 잊어버

리실 텐데요, 뭐."

처녀는 한숨을 내쉬었다. 이런저런 이야기를 나누다보니 어느덧 물살이 거센 강가에 이르렀다. 이상하게 두 강둑이 커다란 나무 몸통으로 연결되어 있었다. 나무 몸통은 동굴처럼 깊이 파여 있었다. 그 나무 동굴 속을 따라가면 강 건너편에 닿게 되어 있었다. 둘은 말을 타고 강을 건너기 시작했다. 나무 동굴 가까이에 이르자 말들이 앞으로 나가려고 하지를 않았다. 얀지아오는 말에서 내려 나무 동굴 속을 슬쩍 들여다보았다. 놀랍게도 괴물 여덟 마리가 잠들어 있었다. 또 한 가냘픈 여자가 목에 칼을 쓰고 흐느끼고 있었다. 사람 발소리가 들리자 여자는 고개를 들고 놀란 눈으로 얀지아오를 쳐다보았다.

"아니, 여기가 어딘 줄 알고 왔나요? 이 괴물들은 사람 고기밖에 안 먹어요. 깨어나면 당장 잡아먹을 거예요. 동굴 입구에서 해골들 못 봤어요? 나무 꼭대기까지 쌓인 거요."

"한데 당신은 누구십니까?"

얀지아오가 물었다.

"여기에서 왜 이러고 계세요?"

"누오민지아오라고 합니다. 아이들 먹이려고 강가에서 조개를 줍다가

잡혀왔어요. 사람 고깃국을 끓이라 했어요, 강
제로요. 안 그러면 저까지 솥에 넣고 삶겠다고
협박했어요."

이 무시무시한 말에 얀지아오는 치를 떨었다.
누이 삼기로 한 처녀를 향해 몸을 돌렸다.

"그냥 넘어갈 수 없는 일이야!"

그때 무슨 소리가 들렸다. 얀지아오는 하던 말
을 뚝 멈추었다. 누오민지아오가 소리쳤다.

"동굴 뒤 소나무 아래에 도끼가 묻혀 있어요.
어서 그걸 꺼내요. 그 도끼 없이는 이 괴물들을
죽일 수 없어요."

얀지아오는 얼른 나무 동굴에서 빠져나왔다.

괴물 한 마리가 말했다.

"킁킁. 이거 어디서 사람 냄새가 나는데?"

시간을 벌기 위해 누오민지아오가 둘러댔다.

"아, 제 동생이에요. 여러분들에게 드릴 선물
을 가져왔나 봐요. 자, 보세요. 이 향주머니 마

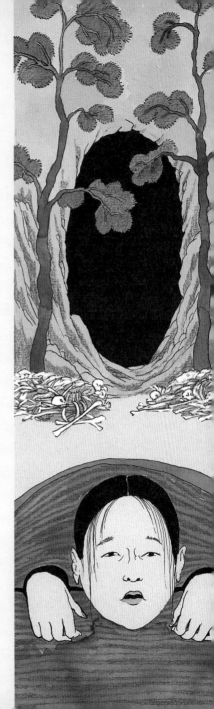

음에 드세요?"

마침 돌아온 얀지아오는 손에 도끼를 들고 온 힘을 다해 괴물들에게 도끼를 내리쳤다. 여덟 마리 중 일곱 마리의 머리를 한 번에 잘라냈다. 살아 있는 한 놈이 얀지아오에게 달려들어 목을 세게 눌렀다. 얀지아오는 괴물한테서 빠져나올 수 없었다. 힘이 빠져 도끼를 땅에 떨어뜨렸다. 이 긴박한 광경을 본 처녀가 어디선가 불붙은 쇠꼬챙이를 주워와 괴물의 등에 힘껏 던졌다. 등에 불이 붙은 괴물은 비명을 지르며 온몸을 뒤흔들었고, 그러는 통에 그만 얀지아오를 놓쳐버렸다. 얀지아오는 도끼를 다시 잡았고, 죽을힘을 다해 괴물을 찍었다. 이어누오민지아오의 목에 낀 칼을 빼주고 동굴 밖으로 데리고 나왔다. 누오민지아오는 눈물을 흘리며 은인에게 고마워했다. 감사의 표시로 향주머니를 얀지아오에게 건넸다.

"오라버니, 제 진주알 말을 타고 먼저 가세요. 오라버니 말은 저한테 주시고요. 이분을 제가 집까지 모셔다 드릴게요. 아니면 이분은 길을 잃을수도 있어요."

얀지아오의 누이가 된 처녀가 말했다.

"좋은 생각이다. 판구 강까지 거의 다 왔으니까, 내 말

발자취를 따라 잘 쫓아오너라. 곧 만나자."

얀지아오는 출발했다. 야산 정상쯤에 도착하니 구름들이 뭉치기 시작했다. 눈 깜짝할 사이 구름들이 시커먼 숯처럼 변하더니 번쩍 번개가 쳤다. 순간 벼락을 맞은 밀반죽 말은 금세 진주알로 변했다.

얀지아오는 할 수 없이 나무 아래 웅크리고 앉아 처녀를 기다렸다. 한참이 지났는데도 처녀가 오지 않아 얀지아오는 혼자 내려가기로 마음먹었다. 한편 밑에서 그를 기다리고 있는 것은 끝도 보이지 않게 펼쳐진 늪이었다. 발이 자꾸 진흙에 빠졌다. 앞으로 나가면 나갈수록 더 깊이 빠졌다. 거의 몸의 반이 빠져 도와달라고 소리치려 했지만 입에서 한 마디 말도 나오지 않았다. 완전히 기진맥진했다. 또 사방에서 모기떼가 몰려와 온몸이 모기떼로 뒤덮였다. 얼굴에 붙은 모기들을 죽어라 쫓아냈다. 이때 아직 늪에 빠지지 않은 가슴께 저고리 주머니에 향주머니가 들어 있다는

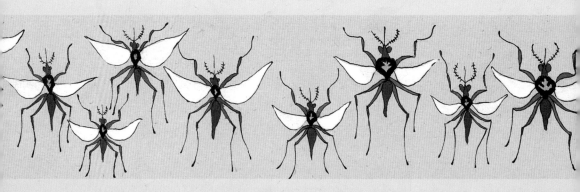

생각이 번쩍 들었다. 향주머니를 열었다. 아니나 다를까. 향을 맡은 모기
떼는 순식간에 달아났다.

해가 뜨니 처녀가 나타났다. 그러고는 늪에 빠져 허우적대고 있는 얀지
아오를 보더니 허리가 뒤로 젖히도록 웃어댔다.

"하하하, 용감한 오라버니! 사방에서 찾았더니 여기서 목욕을 하고 계시
네요!"

"그만해! 이런 진흙 목욕은 물소나 좋아하겠지."

얀지아오는 뿔이 나서 말했다.

"한데 왜 이리로 내려왔어요? 바로 언덕 위로 올라가지 그랬어요?"

"농담하지 마! 판구 강이 어떻게 언덕 위에 있을 수가 있어? 그만 좀 놀
려. 내 입장 돼 봐, 웃음이 나오나."

어쨌거나 처녀의 도움으로 얀지아오는 진흙탕에서 빠져나왔다.

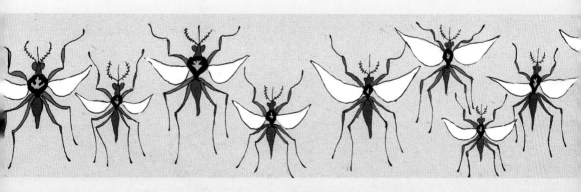

"오라버니, 제가 푸메이라면 말이에요. 평생 오라버니를 죽도록 사랑할 거예요. 자, 이제 빨리 가요. 푸메이가 기다리다 지쳤겠어요."

처녀가 눈을 찡긋하며 말했다.

둘은 같은 말에 앞뒤로 올라탔다. 그리고 다시 힘차게 말을 달렸다. 늪에서 나와 작은 언덕 하나를 넘으니 언덕 아래 마을이 펼쳐져 있었다. 밥을 짓는지 집집마다 연기가 모락모락 피어났다.

"다 온 거 같네요."

처녀가 말했다.

"이젠 혼자 가세요. 전 여기서 기다릴게요."

얀지아오는 마을로 들어갔다.

동네 사람들 말이 푸메이의 아버지 이에르가는 지독하게 엄한 분이라고 했다. 그한테 우선 잘 보이라 했다. 얀지아오는 긴장했다. 아니나 다를까.

이에르가는 대뜸 얀지아오에게 이렇게 말했다.

"이봐, 우리 딸 달라고 온 청년들이 몇 명인 줄 아나? 다 거절당했지. 내 딸을 원한다면 내가 자넬 먼저 봐야 하네, 내 딸 마음에 들지 어떨지."

"제가 따님만큼 대단하진 않겠지만, 따님을 보지도 않고 돌아갈 순 없습니다. 따님을 한번 만나게라도 해주십시오."

"그래? 그거야 쉬운 일이지. 우선 세 가지 시험을 통과해야 하네. 자, 이리 와보게!"

밖에서는 벌써 말을 준비시키고 있었다. 화려한 말안장 위에 엽전 하나가 똑바로 세워져 있었다. 이에르가는 말 옆으로 다가가더니 채찍을 한 번 내리쳤다. 그러자 말이 화살처럼 날아갔다. 이에르가가 다시 얀지아오한테 왔다.

"저놈을 잡게. 그리고 저 엽전 구멍에 화살을 쏴야 하네."

얀지아오는 이에르가의 말이 채 끝나기도 전에 타고 온 말의 등에 훌쩍 올라타고는 화살을 날렸다. 화살은 정확히 방향을 잡아 횡 하고 날아갔다.

이윽고 아까 화살처럼 달려갔던 말이 돌아왔고, 화살은 엽전 구멍에 정확히 꽂혀 있었다.

"흠, 솜씨가 제법인데?"

이에르가가 말했다.

저녁이 되자 잠자리를 위해 이에르가는 얀지아오를 허름한 헛간으로 안내했다.

"좀 불편할걸세. 힘든 게 있으면 언제든 나를 부르게나."

그러고는 별말 없이 문을 닫고 나갔다.

문이 닫히자 헛간은 칠흑 같은 어둠에 빠졌다. 얀지아오는 신비한 진주 알을 아직도 가지고 있는 것이 생각나 얼른 꺼냈다. 그러자 헛간이 환히 빛났다. 그런데 사방에서 또 모기떼가 몰려들었다. 얀지아오는 늪에서

했던 대로 향주머니를 꺼내 모기들을 쫓아냈다. 그제야 깊이 잠들 수 있었다.

이튿날 아침, 헛간 문을 열어본 이에르기는 깜짝 놀랐다. 얀지아오가 기지개를 펴며 입이 찢어져라 하품을 하고 있었다. 이마에는 구슬땀이 진주알처럼 빛났다. 바닥에는 모기 시체들이 즐비했다.

이에르가를 보자 얀지아오는 얼른 일어나 웃으며 공손히 말했다.

"이리 편한 숙소를 제공해주서서 감사드립니다."

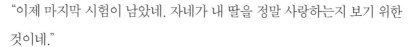

"뭐, 뭐, 이 정도야."

당황한 이에르가는 말을 더듬었다.

"이제 마지막 시험이 남았네. 자네가 내 딸을 정말 사랑하는지 보기 위한 것이네."

헛간에서 마당으로 나온 얀지아오는 그만 입이 딱 벌어졌다. 눈앞에 끔찍한 장면이 펼쳐져 있었다. 머리에 붉은 양귀비꽃을 꽂은 처녀가 야트막한 흙더미 위에 올라가 있었다. 그 주변에는 장작더미가 가득 쌓여 있었다. 한 사람이 와서 장작더미에 불을 붙이기 시작했다. 불길이 커지자 둘러서 있던 구경꾼들도 하나둘 물러났다. 얀지아오를 본 처녀는 노래를 불렀다.

얀지아오, 내 용감한 오라버니,

쿠에르빈 강가의 사냥꾼,

저 때문에 그리 고생을 하시다니.

오, 내 친구여, 저에게 가까이 와요!

이제 우리가 하나 될 시간이에요.

얀지아오는 바로 처녀를 알아보았다. 쿠에르빈 강가에서 보았던 그 처녀였다. 얼굴을 뚫어지게 보니 자신이 용으로부터 구해준 처녀의 얼굴도 떠올랐다. 도대체 어떻게 된 일일까?

얀지아오가 물었다.

"어서 말해봐! 넌 도대체 누구지?"

처녀는 머리에 꽂은 꽃을 빼더니 말했다.

"얀지아오 오라버니, 더 가까이 와서 나를 봐요. 난 당신이 쿠에르빈 강가에서 만난 처녀이기도 하고, 용에게서 구해준 처녀이기도 합니다. 하나 더 있어요. 당신이 찾아 헤맨 푸메이가 바로 저랍니다."

얀지아오는 뜨거운 불길 따위는 아랑곳하지 않고 푸메이에게 달려갔다. 푸메이도 얀지아오에게 달려왔고 둘은 세차게 껴안았다. 두 사람의 얼굴

이 발그레졌다. 장작더미의 불길에 얼굴이 달아오른 건지, 아니면 다른 이유가 있는 건지는 모르지만 어쨌거나 행복해 보였다.

얀지아오는 당장 집으로 돌아가려고 했다. 하지만 푸메이가 말했다.

"너무 서두르지 말아요. 떠나기 전에 우리 아버지한테도 인사드려야죠."

용감한 사위를 얻게 된 이에르가는 매우 흡족해하며 딸에게 말했다.

"지참금이 얼마면 되겠느냐? 기특한 우리 딸을 위해 내 얼마든 주마."

"고맙습니다, 아버지. 하지만 제 지참금은 이미 다 마련했어요."

푸메이는 제 방으로 들어가더니 자작나무 물동이 두 개를 들고 나왔다. 둘 다 화살을 맞아 구멍이 뚫려 있었다.

얀지아오는 푸메이 손에 들린 물동이를 대신 들며 물었다.

"푸메이, 네가 날 좋아해서 그런 거지? 날 선택하려고 그런 거지? 그래서 날 일부러 위험에 빠뜨린 거지?"

"맞아. 시험이었어! 난 내가 잘 모르는 남자한테 시집갈 순 없거든."

이때 말이 힝힝거리는 소리가 들렸다. 떠날 시간이라는 것이었다. 아버지께 인사를 올리고 둘은 말에 올라탔다. 푸메이는 빙그레 웃으며 얀지아오의 집으로 향했다.

소년과 외뿔소
자오족 이야기

톱니처럼 들쭉날쭉한 산봉우리 가운데 실오라기같이 가는 길 하나가 나 있었다. 옛날 옛적 이곳에 한 소년이 살았는데, 소년은 갈대 움막집에서 의지할 데 없이 혼자 살았다. 바지런한 손과 논밭 한 뙈기가 그가 가진 전 부였다.

추수가 끝나자 소년은 쌀가마를 이고 장터에 나갔다.

쌀을 다 팔고 나서 장터 여기저기를 기웃거리는데 한 상점에 유독 눈길 이 갔다. 붓이며 먹, 물감, 목탄, 수공예로 만든 얇은 화선지들이 쌓여 있 었다. 소년은 숨이 멎을 듯했다. 그림을 그리고 싶으나 손에는 동전 몇 푼 밖에 없었다. 그 정도로는 어림없을 것이 뻔했다.

"목탄 한 조각이라도 살까?"

소년은 잠시 망설이다 목탄이라도 사기로
마음먹었다. 보물 같은 목탄을 호주머니
에 잘 집어넣고 집으로 숨 가쁘게 달려갔
다. 당장 삼나무 잎을 뜯어 바윗돌에 앉아
무언가를 그리기 시작했다.

소년은 항상 외롭고 쓸쓸했다. 그래서 자
기처럼 처량해 보이는 외뿔소 한 마리를
그렸다. 빛나는 회색 털에 눈은 총명하게
빛나고, 드높은 자존심을 드러내듯 머리
에는 외뿔이 우뚝 서 있었다.

"친구야, 너도 나랑 함께 있고 싶지? 내 밭
일도 도와주고. 너도 외로우니까 나랑 함
께 살면 훨씬 재밌을 거야."

이렇게 혼잣말을 하며 한숨을 쉬었다. 그
림을 움막집 벽에 걸어놓고 밖으로 나가
려다가 그만 입이 딱 벌어졌다. 문 앞에 진
짜 외뿔소가 있었던 것이다! 털은 비단처

럼 윤이 나고, 눈은 초롱초롱했다. 뭔가 골똘히 생각하는 듯한 기품 있는 자세와 고집스럽게 생긴 외뿔이 찬연히 빛났다. 소년은 눈을 비비고 팔을 꼬집었다. 꿈인지 생시인지 알 수 없었다. 외뿔소는 마치 우정을 표하듯 목을 쑥 내밀고 서 있었다. 소년은 눈을 믿을 수 없어 벽에 걸어놓은 그림을 보고 또 보았다. 놀랍게도 그림 속의 외뿔소는 사라져버렸다. 흔적 하나 남기지 않고. 지금 집 앞에 있는 외뿔소가 자기 그림 속의 소라고 인정할 수밖에 없었다.

이날부터 소년은 외뿔소와 행복하게 살았다. 낮에는 같이 밭을 갈고 밤에는 집에 돌아와 서로 등을 기댄 채 잠이 들었다.

하루는 황실 부대가 집 앞을 지나가게 되었다.

"저거 봐! 웃기게 생긴 소군. 뿔이 하나야."

한 병사가 큰 소리로 말했다.

"고기 맛도 뛰어나겠는데! 황제께서 좋아하실 거야."

소년은 울며불며 제발 자신의 유일한 기쁨인 외뿔소를 잡아가지 말라고 사정했다. 하지만 병사들은 들은 척도 안 하고 외뿔소를 끌고 갔다.

"제 친구를 가만 놔둬요!"

소년은 울먹이며 황실 부대의 뒤를 따라 산 넘고 물 건너 황제가 사는 궁까지 따라갔다. 병사들과 외뿔소가 궁궐 대문으로 들어가자마자 그 크고 무거운 황금 문이 쩍 하고 닫혔다.

소년은 보초들 앞에서 무릎을 꿇고 울고 불며 사정했지만 아무 소용없었다. 문 앞에 풀썩 주저앉아 고개를 처박고 엉엉 울었다. 조금 후, 문이 열리면서 뭔가 휙 날아왔다. 병사들이 내던진 소뿔과 뼈다귀들이었다.

"옛다! 네 외뿔소 여기 있다! 황제께서 잘 먹었다고 전해달란다."

병사들은 킬킬거렸다.

소년은 뼈와 뿔을 목수건에 돌돌 싸서 일어났다. 집으로 돌아오는 길 내내 울고 또 울었다. 친구를 살릴 수는 없는 노릇이었다. 집에 돌아와 슬픈 눈으로 뿔을 벽에 걸었다. 밖으로 나와 땅을 파고 뼈들을 묻은 다음 흙으로

잘 덮었다. 얼마 후 그 자리에서 파란 싹이 나기 시작했다. 싹은 정말 빨리 자라더니 가는 죽순으로 변했다. 소년은 매일 죽순을 보러 가서는 줄기를 어루만져주며 부드러운 이파리들이 하는 귀여운 말을 들어주었다.

어린 죽순은 무럭무럭 자라 어느 날인가는 정말 단단하고 튼튼한 대나무가 되었다. 하늘 높이 치솟더니 그 끝이 구름 속에 가려 안 보일 정도였다. 분명 평범한 대나무가 아닐 것이라고 소년은 생각했다. 어디까지 올라가는지 보고 싶었다. 그래서 대나무 줄기를 타고 올라가기 시작했다. 높기도 높은데다 줄기가 휘청거려 현기증이 났다. 그래도 저 하얀 뭉실 구름까지는 올라가보고 싶었다.

드디어 구름에 닿은 소년은 구름 사이를 살짝 벌려 보았다. 그랬더니 파

란 문이 열렸고 소년은 일 초도 망설이지 않고 안으로 들어갔다. 정말 장관이 펼쳐져 있었다. 꽃들은 만발하고, 향기는 그윽하며, 구름 위를 선녀들이 뛰어다니고 있었다.

선녀 하나가 소년을 보고는 소리를 지르자 선녀는 금세 사라졌다. 다른 선녀들 역시나 마법에 걸린 듯 금세 사라졌고 하늘이 언제 그랬냐 싶게 사라졌다. 하얀 구름 속 대나무 꼭대기에 올라타 있던 소년은 순간 휘청거렸다. 대나무 줄기가 몹시 흔들리더니 대나무 마디들이 연신 접히면서 소년도 같이 내려오고 있었다. 대나무는 온데간데 없어지고 언제 그랬냐 싶게 소년은 땅바닥에 서 있었다. 순식간에 일어난 일이었다. 정말 꿈인지 생시인지 알 수 없었다. 눈을 비비면서도 아까 본 그 아리따운 선녀 얼굴이 잊히질 않았다. 선녀의 짝이 되면 얼마나 좋을까. 그러나 하늘은 다시 저 멀리, 도저히 닿을 수 없는 저 높이에 있었다. 매일같이 소년은 그곳에 다시 갈 방법을 생각했다.

하루는 꿈에 죽은 외뿔소가 나타나서는 그 명민하게 생긴 눈으로 활짝 웃더니 사람 목소리로 말했다.

"왜 그렇게 속만 태우고 있어? 왜 그림을 그리지 않는 거야? 네가 선녀를 얻고 싶다면 선녀를 그리면 되지. 그림이 다 그려지면 내 뿔을 잡고 그 속

을 훅 불어봐."

잠에서 깬 소년은 방금 꾼 꿈을 떠올리며 당장 삼나무 이파리를 따러 갔다. 그리고는 방에 들어와 다시 목탄을 쥐고 그림을 그리기 시작했다. 넋이 나간 듯 열흘간 그림만 그렸다. 열흘째 밤, 삼나무 이파리에 그려진 아리따운 얼굴이 가만히 그를 바라보았다. 소년은 숨이 멎을 듯했다. 외뿔소가 한 말을 떠올리고는 뿔을 잡고 입에 공기를 가득 채워 힘껏 불었다. 방 안 공기가 순간 흔들리더니 하늘 냄새로 가득 찼다. 분홍빛 햇살이 자욱하게 퍼졌다. 이파리 그림 속 선녀가 소년을 보며 씩 웃더니 그림 밖으로 뛰쳐나왔다.

"당신의 아내가 되겠어요. 당신은 밭에서 일하고 나는 집에서 천을 짤게요."

선녀가 소년에게 손을 내밀며 말했다.

움막집에는 웃음이 가득했다. 소년과 선녀는

하루하루가 행복했다. 그런데 어느 날 황
실 부대가 또 이 산골 마을에 들렀다.

"와, 저 미인 좀 보게나."

선녀를 본 병사 하나가 말했다.

"해님처럼 아름다우니 황제가 분명 좋아하실
거야."

병사들은 선녀를 강제로 끌고 갔다.

소년은 또 병사들 뒤를 밟아 산 넘고 물 건너
궁궐 대문 앞까지 왔다. 보초들에게 울며불며
아내 없이는 살 수 없으니 아내를 돌려달라고
하소연했다. 하지만 허사였다. 매와 욕만 실컷
얻어먹었다.

다시 외돌토리가 된 소년은 가슴을 치며 집으
로 돌아왔다. 하루 종일 멍하니 앉아 눈물이 강
물이 되도록 하염없이 울었다. 그러다 갑자기
얼굴이 환해졌다.

"맞아, 그러면 되지!"

소년은 당장 목탄을 잡고 다시 삼나무 이파리를 뜯어 그림을 그리기 시작했다. 이번에는 무섭게 이빨을 드러내고 으르렁거리는 날개 달린 호랑이였다. 소년은 호랑이를 가만히 쳐다보았다. 이제 남은 일은 하나밖에 없었다. 소년은 흡족한 듯 고개를 끄덕이며 뿔을 잡고 다시 크게 불었다. 산 저 멀리까지 들리게.

곧 그림 밖으로 호랑이가 튀어나왔다. 호랑이 등 위에 올라탄 소년은 황제가 사는 궁을 향해 냅다 달렸다. 보초들은 느닷없이 나타난 성난 호랑이를 보고는 기겁을 했다. 궁궐 문을 닫는 것도 잊고 궁궐 안으로 도망치느라 바빴다. 소년을 태운 날개 달린 호랑이는 단 두 번의 도약 만에 이미 궁궐 연회장 안에 들어와 있었다. 울먹이는 선녀를 겨우 달랜 황제가 귀

족들에게 선녀를 소개하려던 순간이었다. 호랑이는 무섭게 포효하며 황제와 가신들을 한입에 집어삼켰다. 소년은 얼른 달려가 호랑이 등에 선녀를 태웠다. 호랑이는 훌쩍, 또 한 번 훌쩍 크게 뛰었다.

날개를 펴고 저 먼 산을 향해 날아가는 호랑이를 보초들은 넋이 나가 바라보았다.

둘이 오순도순 살던 움막집 앞에 도착하자 호랑이는 조용히 멈춰 섰다. 소년과 선녀는 호랑이 등에서 내렸다. 호랑이에게 고맙다고 말하려는데, 호랑이는 벌써 저 하늘 높이 구름 속으로 날아가고 있었다.

둘은 서로 사랑하며 행복하게 살았다. 만일 그들이 죽지 않았다면 지금도 그 꼬불꼬불한 산길 옆 어딘가에 살고 있을 것이다.

피리 축제
먀오족 이야기

옛날 먀오라는 마을에 한 노인 부부가 살았다. 할아버지 이름은 가오크, 할머니 이름은 웨이니아오였다. 결혼한 지 40년이 지나서야 마침내 딸을 얻게 된 부부는 너무 기뻐 눈물이 났다. 딸애 이름을 반가오라 지었다. 반가오는 곱게 자랐다. 아주 영리하고 손도 야무진 처녀가 되었다. 마을의 어떤 처녀보다 집안일도 잘했다. 활처럼 휘어진 가는 눈썹, 맑고 또랑또랑한 눈, 살구빛 볼, 여기에 꽃단장까지 하면 공작보다 더 예쁘다고 사람들은 입에 침이 마르도록 칭찬했다. 반가오가 노래를 흥얼거리면 새들은 잠자코 있었다. 동네 총각들은 하나같이 반가오와 결혼하고 싶어했다. 하지만 반가오 마음에 딱 드는 총각은 하나도 없었다. 그렇다면 반가오의 이상형은? 바로 젊고 용감한 사내, 사냥꾼 마오샤였

다. 마오샤는 헌칠하고 건장한 미남이었다. 혼자서 호랑이도 거뜬히 상대했다.

어느 날 마오샤가 아버지와 사냥을 갔는데, 성질 고약한 호랑이 한 마리가 숲에서 뛰어나와 아버지를 덮쳤다. 다른 무기를 찾을 틈도 없이 마오샤는 손에 들린 단도로 호랑이의 목덜미를 찔렀다. 성난 호랑이는 노인은 포기하고 젊은 마오샤를 향해 달려들었다. 마오샤는 옆으로 날쌔게 피해서는 호랑이 머리 정중앙 깊이 칼을 꽂았다. 호랑이는 비틀거리더니 다시 마오샤를 향해 돌진했다. 하지만 이미 부상이 깊은지라 별 힘을 못 썼다. 마오샤는 호랑이 앞으로 성큼 다가가 마지막으로 치명적인 일격을 가했다. 하지만 불행하게도 마오샤의 아버지는 그날 얻은 상처로 시름시름 앓다가 세상을 떠났다. 아버지를 잃고 혼자가 된 마오샤는 정처 없이 이 산 저 산 사냥개와 함께 다니며

살았다. 하루는 마오샤가 스무 가구 남짓한 작은 마을에
들렸다. 이상한 것은 마을에 소와 양떼만 보일 뿐 오리도 없고 닭도 없다
는 것이었다. 마을 사람들 말로는, 큰 독수리 두 마리가 줄곧 마을에 나타
나 오리와 닭들을 다 잡아먹는다는 것이었다. 어떤 전설이 있다고도 했
다. 사실 그 독수리는 평범한 독수리가 아니라 영묘한 독수리인데, 인간
은 절대 그 독수리를 잡을 수 없다는 것이었다. 마오샤는 믿지 않았다.

"정말 잡을 수 없을까요? 제가 한번 해보지요."

마오샤는 활과 화살을 들고 마을 사람들과 함께 두 독수리가 주로 나타
난다는 절벽 아래에 도착했다. 아니나 다를까, 날개를 활짝 펼치고 하늘
을 유유자적 비상하는 두 맹금이 보였다. 날개는 넓은 거적 같았지만 나
는 속도는 쏜살같았다. 아무리 그래도 최고의 사수 마오샤의 화살을 피
할 수는 없었다. 화살을 맞은 두 독수리는 보기 좋게 땅에 떨어졌다. 마을
사람들은 탄성을 질렀다. 이렇게 용감하고 실력 있는 사냥꾼이 있다니!
삽시간에 소문이 퍼졌다.

바로 이 마을에 반가오가 살고 있었다. 반가오는 젊고 잘생긴 마오샤에
게 반했다. 하지만 마오샤는 가족도 없는 몸이니 다시 방랑의 길을 떠났
다. 어디든 오래 머물지 않으니, 반가오처럼 어여쁜 아가씨가 자기를 사

랑한다는 것을 알 리 없었다. 반가오가 연모하는 마음을 고백하기도 전에 그는 이미 마을을 떠나버렸다. 하지만 반가오의 마음은 계속 그를 좇고 있었다.

사랑에 빠져서인가? 반가오는 날이 갈수록 예뻐졌다. 수많은 남자들이 구애를 했지만 허사였다. 낙심하여 발길을 돌려야 했다.

속담에 이런 말이 있다. '악귀는 아름다운 것은 죄다 질투한다.' 악귀의 눈이 아름다운 반가오를 피해갈 리 없었다. 반가오를 갖고 싶은 악귀는 하얀 꿩으로 둔갑했고, 반가오의 마음을 살 수 없다는 것을 알고는 반가오를 납치할 계략을 세웠다.

어느 날 수를 놓던 반가오가 갑자기 실신했다. 이어 거센 바람이 불었고, 반가오는 어딘지 모를 곳으로 휩쓸려갔다. 영문도 모르고 딸을 잃은 부모는 눈물로 몇 날을 지새웠다. 마을 사람

들도 깊은 슬픔에 빠졌다. 백방으로 수소문을 해보았지만 허사였다.

한편 마오샤는 여전히 야생 짐승들을 쫓고 있었다. 산속을 헤매다 어느 울창한 숲에 들어섰고, 그곳에서 나무를 베고 있던 벌목꾼들을 만나게 되었다. 사실 그런 외진 곳에서 말벗을 만난다는 것은 무척 반가운 일이었다. 벌목꾼들은 마오샤한테 슬슬 말을 붙이기 시작했다. 이름은 무엇이며 어디서 왔는지 물었다.

"저는 가족이 없습니다. 이 산 저 산 그저 떠다니지요. 제 화살을 피해간 야수가 없습니다. 저는 사냥꾼이에요. 아니, 방랑자죠."

마오샤는 사람 좋아 보이는 벌목꾼들에게 스스럼없이 자신을 소개했다. 그들은 더욱 친해졌다. 벌목꾼들이 하루는 자기들 막사에서 식사나 같이 하자며 그를 초대했다. 모닥불을 피우고 도란도란 이야기를 나누었다. 마오샤는 이곳에서 살아온 얘기를 들려달라고 했다. 벌목꾼들은 그들 인생살이며 숲에서 만난 짐승들 이야기를 한참 하더니 갑자기 깊은 한숨을 내쉬며 말했다.

"여긴 참 살기 좋은 데지만, 그것도 다 옛날 이야기예요."

마오샤는 그게 무슨 말이냐고 물었다.

"최근에 이상한 꿩이 여기로 왔어요. 밤마다, 특히 자정만 되면 큰 나무 꼭대기에서 울어댑니다. 그 소리가 얼마나 소름 끼치는지. 그러다 다른 나뭇가지로 옮겨 가 또 이상한 소리를 냅니다. 새벽 무렵이면 세 번째 이상한 소리를 내지요. 한데 더 이상한 것은 밤마다 여자 울음소리가 난다는 겁니다. 정말 모골이 송연하죠. 그래서 떠나겠다는 겁니다."

마오샤는 필시 못된 짓을 일삼는 악귀가 꿩으로 둔갑한 것이라고 생각했다. 그렇다면 반드시 없애야 한다!

"걱정 마십시오. 오늘 밤 제가 같이 가보죠."

자정이 넘어 마오샤와 벌목꾼들은 그 큰 나무 뒤에 가서 숨었다. 어둠 속이라 거의 아무것도 보이지 않았지만 그들은 기다렸다.

자정 무렵이 되자 커다란 하얀 꿩 한 마리가 나뭇가지에 앉더니 울기 시작했다. 벌목꾼들이 말한 그대로였다. 동시에 어디선가 희미하게 여자 울음소리가 들렸다. 세 번째 울음소리가 들릴 무렵, 동이 트기 시작했다. 날이 밝자 이 이상한 꿩의 형상은 더욱 뚜렷하게 드러났다. 마오샤는 화살을 겨누었고, 가슴 정중앙을 정확히 맞혔다. 꿩은 둔중한 소리를 내며 바위에 툭 떨어졌다. 그러자 여자 울음소리도 멈추었다. 가까이 가서 꿩 사체를 보니, 벌목꾼들이 말한 하얀 꿩이 분명했다. 어쨌든 문제의 악귀

를 없앴으니 천만다행이었다. 그런데 여자 울음소리는 어떻게 된 건지 영문을 몰랐다. 마오샤는 악귀를 죽인 기념으로 하얀 꿩의 깃털을 하나 뽑아 머리 터번에 꽂고, 이튿날 아침 벌목꾼들과 헤어져 다시 길을 떠났다.

악귀한테 납치된 이후 반가오는 내내 동굴에 갇혀 있었다. 악귀는 강제로 반가오와 혼인하려 했다. 악귀가 무슨 말로 구슬려도 반가오는 묵묵부답으로 버텼다. 집에 보내달라고 소리를 지르며 애원했다. 악귀는 반가오가 도망가지 못하게 깊이 잠재웠다. 잠에서 깨어나면 반가오는 또 울기 시작했다. 이제 마오샤가 악귀를 처치했으니 반가오는 더는 잠이 들지 않았다.

반가오는 동굴 밖으로 나왔지만 도대체 여기가 어딘지 알 수 없었다. 숲에서 반가오와 마주친 벌목꾼들은 낯선 처녀를 이런 데서 보자 깜짝 놀랐다. 매일 밤 울었던 게 반가오임을 알게 된 벌목꾼들은 사냥꾼 마오샤가 당신을 구해준 거라고 알려주었다. 그리고 그 사냥꾼이 어디로 갔는지는 알 수 없으나 머리 터번에 하얀 꿩 깃털을 꽂고 다닐 거라고 했다.

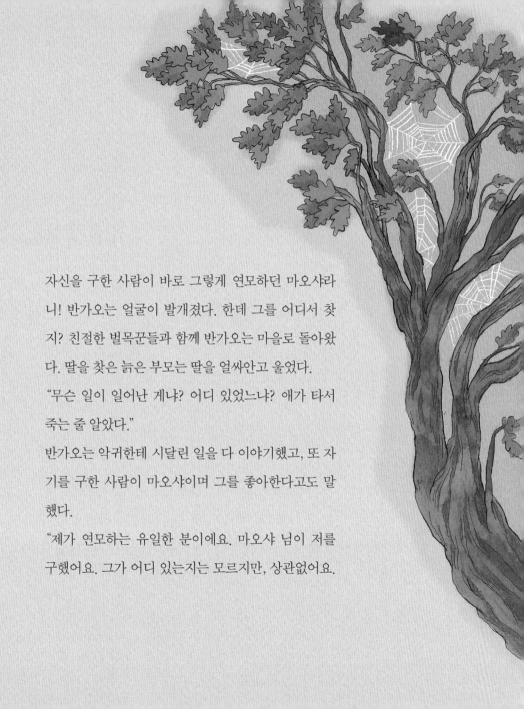

자신을 구한 사람이 바로 그렇게 연모하던 마오샤라
니! 반가오는 얼굴이 발개졌다. 한데 그를 어디서 찾
지? 친절한 벌목꾼들과 함께 반가오는 마을로 돌아왔
다. 딸을 찾은 늙은 부모는 딸을 얼싸안고 울었다.

"무슨 일이 일어난 게냐? 어디 있었느냐? 애가 타서
죽는 줄 알았다."

반가오는 악귀한테 시달린 일을 다 이야기했고, 또 자
기를 구한 사람이 마오샤이며 그를 좋아한다고도 말
했다.

"제가 연모하는 유일한 분이에요. 마오샤 님이 저를
구했어요. 그가 어디 있는지는 모르지만, 상관없어요.

그분을 무조건 기다릴 거예요."

반가오는 당장 울음을 터뜨릴 것 같았다.

아버지는 마음을 놓았다. 그 청년이 어떤 사람인지를, 그가 얼마나 용맹한지를 잘 알았으니까. 도대체 그는 지금 어디 있는 것일까? 이 마을에 다시 올까? 이제 걱정거리는 그것이었다.

여섯 달이 흘렀지만 마오샤는 여전히 나타나지 않았다. 반가오는 상사병으로 야위어갔다. 하루는 무슨 좋은 생각이라도 났는지 노인이 부인에게 말했다.

"그 청년을 찾을 좋은 생각이 났소!"

부인은 빨리 말해보라고 재촉을 했다.

"피리 축제를 여는 거야. 동네 사람들을 다 부르고 저 먼 이웃 마을 사람들까지 다 모이게 하는 거야. 결국 그 청년의 귀까지 들어가지 않겠어?"

영리하고 손재주 좋은 노인은 대나무를 잘라 피리를 만들었다. 그리고 악기 이름을 '피포'라고 지었다. 동네 청년들한테 피포 만드는 방법과 부는 법을 알려주었다. 악기를 더 다듬고 손보니, 이제 제법 피리 소리가 났다. 새해를 맞아 계획한 대로 큰 피리 축제를 열었다. 동네 사람들은 물론 이웃 지방 사람들까지 다 모여들었다. 온 마을이 음악과 춤으로 시끄

러웠다. 소리는 계속 퍼져 저 먼 곳까지 소문이 났다.

축제를 연 지 일주일이 넘어갔다. 아흐레째, 드디어 반가오는 사람들 틈에서 터번에 하얀 깃털을 꽂은 청년을 찾아냈다. 반가오는 그를 유심히 보았다. 정말 마오샤였다! 가슴이 뛰었다. 그녀는 얼른 아버지한테 달려가 이 사실을 알렸다. 아버지는 서둘러 청년을 식사에 초대했다. 마오샤는 영문을 몰랐지만 일단 가서 이야기를 들어봐야겠다고 생각했다. 먼저

말을 꺼낸 것은 노인이었다.

"자네가 용감한 사냥꾼인 건 잘 알고 있소. 우리 마을에 예전에 한 번 들른 적이 있지. 오리와 닭을 잡아먹은 독수리들을 없애준 게 바로 자네였네. 한데 질문 하나 해도 되겠나? 그 터번 위의 깃털은 어디서 났나?"

마오샤는 노인이 왜 이런 질문을 하는지 몰랐지만, 숲의 하얀 꿩을 죽이게 된 사연을 소상히 설명했다. 그리고 이 말을 덧붙였다.

"한데 왜 여자 울음소리가 들렸고, 꿩이 죽자 그 울음소리가 들리지 않게 되었는지는 잘 모르겠습니다."

이때 반가오가 그 앞에 나타났다. 사랑이 가득 담긴 그윽한 눈길로 마오샤를 가만히 쳐다보았다. 노인은 흐뭇하게 웃으며 손으로 자기 딸을 가리켰다. 그리고 모든 이야기를 마오샤에게 해주었고, 피리 축제를 열게 된 진짜 이유도 말해주었다.

아름다운 반가오를, 더욱이 자신이 구해준 반가오를 마오샤가 마음에 들

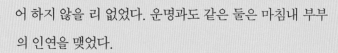

어 하지 않을 리 없었다. 운명과도 같은 둘은 마침내 부부의 인연을 맺었다.

이것이 먀오족 피리 축제의 기원이다. 피리 축제가 있을 때면 먀오족 처녀 총각들은 악귀를 전혀 무서워하지 않는다는 것을 보여주기 위해, 또 완벽한 자기 짝을 찾기 위해 깃털 꽂은 터번을 쓴다. 하얀 꿩이 점점 희귀해져 깃털을 구하기가 쉽지 않게 되고부터는 깃털 모양의 은박 판을 꽂기도 한다고 한다.

용왕의 딸
리 차오웨즈가 전하는 이야기

이 이야기는 옛날, 아주 옛날에 일어난 일이다. 강물이 수없이 흘렀고 바닷물도 수없이 흘렀다. 왕조도 수없이 흘러 그 대단한 제후들도 서서히 망각 속에 잊혀갈 무렵, 중국 대륙에 당나라가 등장했으니 현명한 군주를 맞아 바야흐로 태평천하를 이루었다. 때는 당 황제 이치李治가 다스리던 시절로, 대략 680년경일 것이다.

과거를 준비하는 젊은 선비가 하나 있었는데 그의 이름은 리우 이였다. 학문을 닦느라 고생이 이만저만이 아니어서 낮이고 밤이고 책에 시달려야 했다. 호롱불을 밝히고 밤이 새도록 공부했지만 이상하게 시험만 보면 기억이 가물가물했다. 합격자 이름이 나붙은 방에서 제 이름을 아무리 찾아보아도 번번이 낙방이었다.

"한심하군. 다 그만두고 낙향해야겠어."

그의 고향은 강변 마을 시앙이었다. 떠날 채비를 하고 가는 길에 팅양에 들러 옛 친구에게 작별 인사를 할 작정이었다.

목적지까지 몇 리나 남았을까? 돌연 말을 타고 있던 그의 앞으로 커다란 새 한 마리가 지나갔다. 말은 놀라서 힝힝대며 진저리를 치더니 미친 듯이 달리기 시작했다. 말고삐를 당겼지만 겁에 질린 말은 멈추지 않았다. 그렇게 한참을 달리다 마침내 서서히 속도를 늦추더니 멈춰 섰다.

리우 이는 말에서 내려 놀란 눈으로 주변을 살폈으나 별다른 건 없었다. 황금빛 햇살이 너울대는 풀밭에 무심히 앉아보니 양떼가 한가로이 풀을 뜯고 있었다. 고개를 돌리는데 한 처녀가 풀 속에 앉아 있는 게 보였다. 처녀는 선녀처럼 고왔다.

"하! 어찌 저리 예쁘지?"

저절로 감탄이 나왔다. 그런데 이상
했다. 얼굴은 선녀처럼 고운데 거적 같은 누
더기를 걸치고 있었고 표정이 무척이나 슬퍼
보였다. 무슨 일일까? 리우 이는 정이 많은 품
성이었기에 다가가서 물었다.

"누구시죠? 왜 그리 슬픈지요? 말해보세요, 아
가씨. 제가 도울 일이라도."

"아, 선비님."

처녀는 눈에 눈물이 그렁그렁한 채 대답했다.

"저는 왕 중의 왕이신 용왕님의 막내딸이에요.
통칭이라는 연못에서 살았지요. 세상에서 가장
아름다운 곳일 겁니다."

공주의 두 눈에서는 금방이라도 눈물이 떨어질
듯했다.

"수면은 은처럼 반짝이고, 버드나무는 그 긴
머리카락을 살랑살랑 연못에 적시고. 아, 그곳

에 몇 리로 늘어서서 원무를 추는 선녀들. 사공들은 강호에 낚싯대를 기울이고, 나뭇잎 사이로 달님은 또 얼마나 어여쁜지, 아, 그리 아름다운 곳은 세상에 없을 겁니다. 언제나 돌아갈 수 있을지. 제 운명은 이미 정해졌다고 합니다. 아무도 절 도와줄 수 없다고 해요. 괜찮으시다면 제 이야기를 좀 들어주시겠어요? 그러면 제 슬픔이 좀 가라앉을지도 모르겠네요. 아버지는 어린 저를 팅 강의 왕에게 시집보냈어요. 제 남편이 얼마나 경박하고 사악한 사람인지 모르실 거예요. 여자 뒤꽁무니나 쫓아다니면서, 세상에 용왕의 딸인 나를, 공주인 나를 무시하다니! 저에게 얼마나 많은 상처를 줬는지 짐작도 못 하실 거예요. 시부모님께 하소연도 해봤지요. 하지만 아시잖아요. 외동아들이니 얼마나 애지중지 키웠겠어요. 그분들 눈에는 며느리인 저에게 문제가 있는 것처럼 보였겠지요. 아들의 방탕은 혼내지도 않고 모든 게 제 탓이라면서 저를 쫓아냈어요. 그리고 이곳에 보내버린 거예요. 신령들의 양이나 보살피라면서요. 저 혼자서."
공주는 울기 시작했다. 또 한숨을 지으며 말했다.
"고향이 얼마나 그리운지 선비님은 상상도 못 하실 거예요. 우리 용들은 사실 물이 없으면 정말 불행하죠. 우리가 사는 못 퉁칭은 물이 가득했는데. 얼마나 맑고 깨끗한지 바람이 불면 못 수면에 가만히 잔물결이 일어

낮어요. 가을처럼 고요했지요. 그러다 가끔 이상하게 찰랑거리기도 하고. 전 지금 거기서 너무 멀리 와 있어요. 소식을 전할 길이 없으니 부모님은 제가 지금 무슨 일을 당하고 있는지 상상조차 못 하실 거예요. 어떻게 하면 소식을 전할 수 있을까요?"

그러곤 잠시 말을 멈추더니 품에서 종이 두루마리를 꺼냈다.

"혹시 우 지방에 가시는 길 아닌가요? 가시다 보면 저희 집이 나올 거예요. 이 편지를 부모님께 전해줄 수 있나요?"

"공주님, 공주님을 위해 뭔가를 할 수 있다는 것만으로도 감읍하옵니다. 공주님을 위해서라면 세상 끝까지라도 가겠습니다. 공주님께서 그동안 참아오신 그 수모와 고통을 생각하니 마음이 아프군요. 공주님의 소원이 이루어지도록 새처럼 빨리 날아가겠습니다. 하지만 제가 용궁에 들어갈 수 있을지 걱정이 앞섭니다. 보시다시피 저는 땅 위에 사는 인간에 불과하지 않습니까."

"정말 친절하시군요. 절대 잊지 않을게요."

공주는 감동한 목소리로 말했다.

"아버지가 사는 용궁은 들어가기 쉬워요. 퉁칭 연못 북쪽 강둑까지만 가면 돼요. 거기 가면 커다란 귤나무가 있을 거예요. 허리띠를 풀어서 그걸

로 나무 몸통을 크게 세 번 때리세요. 그러면 수
문장이 그 소리를 듣고 나와 아주 안전하게 아버지가
계신 곳까지 모시고 갈 거예요. 자, 제 편지예요."

공주는 리우 이에게 편지를 건넸다. 공주의 눈에서 진주알 같은 눈물방
울이 톡톡 떨어졌다.

"반드시 전하겠습니다."

리우 이는 약속하며 애써 공주에게서 눈길을 돌렸다. 고향을 향해 무척
이나 슬픈 눈길을 던지는 공주를 보기가 괴로워서였다. 대신 공주의 슬
픔을 달래보려고 밝은 목소리로 다른 것을 물었다.

"공주님, 공주님이 키우는 양들이 신령님들 거라 하셨는데요, 신령님들
도 양털을 얻으려고 양을 키우시는 건가요?"

"그거 알아요?"

공주는 눈가에 눈물이 고인 채 활짝 웃으며 말했다.

"땅에 떨어지는 비의 기원이 이 양들이에요. 그리고 당신처럼 땅 위에 사
는 사람들은 그 비가 소나기나 폭우로 변하기 전에 양들이 서로 쫓고 달
리는 것을 보기를 진짜 좋아하잖아요."

"아, 그러니까 신령님의 피조물들이 비가 되어 내린다는 거군요."

리우 이는 하얀 양들을 유심히 바라보았지만 주변에서 흔히 보는 양들이랑 다를 게 없었다.

"가끔 천둥과 번개를 치기도 해요."

공주는 덧붙였다.

"정말 너무 더러워졌을 때."

"아, 알겠습니다."

리우 이가 웃으며 말했다. 편지를 손에 꼭 쥔 리우 이는 공주에게 작별 인사를 하고 길을 떠났다. 하지만 친구 집도 잠시 들러야 했다. 달빛 아래 술잔을 기울이며 친구와 옛일을 추억하다 보니 시간이 어찌 갔는지도 몰랐다. 잠시 공주의 일을 새까맣게 잊고 있었다.

그는 서둘러 길을 재촉했고, 마침내 공주가 말한 퉁칭 연못에 도착했다. 공주가 알려준 대로 연못 북쪽 강둑에는 정말 큰 귤나무가 있었다. 허리띠를 풀러 나무를 세 번 치니 잔잔하던 수면에 작은 파문이 일다가 물이 쫙 갈라졌다. 그리고 푸른 띠 같은 길이 연못 바닥에 나타났다. 리우 이가 벌어진 입을 다물기도 전에 무기를 찬 수문장이 그 앞에 나타났다.

"누구십니까? 어떤 일로 저희 왕국에 납시었습니까?"

대장으로 보이는 수문장이 물었다.

리우 이는 이곳에 온 이유를 설명했다. 수문장이 말했다.

"좋습니다. 용왕님이 계시는 곳으로 안내하겠습니다. 눈을 감고 저를 따라오시지요."

놀랍고도 놀라운 일이었다. 용궁 수문장을 따라가는 동안 바로 옆에서는 물이 철렁거리고 부글부글 끓었지만, 신기하게도 그의 발은 물에 하나도 안 젖고 마른 발 그대로였다.

"다 왔습니다."

세상의 모든 풍요와 부가 여기 다 모여 있는 것 같았다. 인간들이 그토록 고생해서 얻고자 하는 것들이 여기 다 있는 것 같았다. 주랑에는 비취 같은 보석들이 주렁주렁 달려 있고, 수정 휘장, 분홍빛 진주알이 촘촘히 박힌 옥좌, 침상, 금실과 은실로 수놓인 바닥 깔개, 사파이어가 박힌 궁륭 등등.

리우 이는 황홀경에 좀 더 취해 있고 싶었지만 자기가 이곳에 온 이유를 떠올리며 머리를 후드득 털었다.

"용왕은 어디 계시오?"

그가 물었다.

"지금 이곳에 안 계십니다. 화염 강독을 들으러 가셨습니다."

수문장의 대답이었다.

"어디라고요? 뭘 하러 가셨다고요?"

"용왕님은 물의 대가이십니다. 이 만물 자연의 요소로 기적을 일으키기도 하지요. 그분께서 마음만 먹으면 물 한 방울로도 땅에서는 한 번도 보지 못한 소용돌이를 일으킬 수 있습니다. 물을 부글부글 끓이고 소용돌이를 만들어 하늘까지 치솟아 오르게 할 수 있지요. 집채고 나무고 다 휩쓸어버릴 수 있습니다. 눈 깜짝할 사이에 산이고 계곡이고 물로 다 뒤덮을 수 있습니다. 생각해보십시오. 이렇듯 물에 관해서라면 우리 폐하를 따라올 자가 없습니다. 그러나 오늘은 불의 대가의 말씀을 들으러 가신 겁니다. 그분이 원하시기만 하면 세상은 다 불천지가 될 수 있습니다. 모두 재로 변해 아무것도 남지 않을 수 있어요. 제1대 황제인 친 츠추앙티 폐하께서 지으신 아방궁도 남아 있지 않죠. 왕궁이 만년 대대 영속할 거라는 허황한 생각을 하신 좀 이상한 분이지만요. 오늘 화신께서 신묘탑에서 불 학회를 여시니 저희 용왕님도 들으러 가신 겁니다. 많은 것을 배워 돌아오실 겁니다."

"아, 그래요?"

리우 이는 그러냐고는 말했지만 무슨 말인지 알 것도 같고 모를 것도 같았다. 그때 문들이 요란한 소리를 내며 열렸고 궁궐이 흔들리며 주춧돌이 삐걱거렸다. 자주색 곤룡포를 입은 기구의 사내가 들어왔다.

"이곳은 인간들 사는 속세에서는 멀리 떨어져 있어 당신 같은 인간이 들어오기가 쉽지 않았을 텐데, 무슨 수로 여기까지 들어왔소? 대관절 무슨 일이오?"

연못 주인이 호령하자 그 우렁찬 목소리에 대들보가 덜덜댔고 기둥이 흔들거렸다.

"폐하, 저는 공주님의 서한을 전하러 왔습니다. 저는 추국에서 태어났으나 치국에서 유학했습니다. 귀향길에 팅 강을 따라가다가 초원에 혼자 앉아 계신 따님을 우연히 만났습니다. 제 불경한 말에 노하지 마십시오. 폐하, 폐하께서는 공주님을 이상한 놈한테 주셨습니다. 그놈은 사악하고 위선적인 자입니다. 첫날부터 외도를 했다 합니다. 매일같이 흥청망청 마시고, 무희들을 불러 희롱하고 논답니다. 결국 공주님을 버렸습니다. 그 시부모까지 나서서 공주님을 쫓아냈습니다. 세상에 게다가 공주님을 양치기로 만들어버렸지요. 폐하, 폐하께서 지금 대책을 강구하시지 않는다면 공주님 눈에서 피눈물이 날 것입니다. 그러기에는 너무 아름다운 눈을 가지신 분이……."

흥분을 가라앉히지 못하고 리우 이는 목소리를 떨며 이 말을 덧붙였다.

"더욱이 공주님은 해님처럼 아름다우십니다. 그 눈물만 생각하면 지금도 제 가슴이 저며옵니다."

"오, 내 아가. 오, 불쌍한 것."

용왕은 탄식했다.

"나도 그리 어린 애를 시집보내고 싶진 않았소. 하지만 매일 같은 말을 들어야 했소. 다들 노처녀가 되기 전에 혼인시키라고 하더군. 그래서 그냥 아무 왕자한테나 줘버렸지. 잘난 것도 없는 놈이 난봉꾼 짓까지 해? 그런데 선비, 외지 분인데도 이리 우리 왕가 일에 나서주시니 정말 고맙소. 이 은혜는 잊지 않겠소."

용왕은 눈물로 뒤범벅이 된 얼굴을 긴 용포 소맷자락으로 닦았다. 딸이 보낸 편지를 읽더니 얼굴은 또다시 눈물범벅이 되었다.

"오, 내 딸! 네가 이런 고생을 하다니."

용왕의 눈에서 격류 같은 눈물이 흐르니 퉁칭 연못의 수위가 조금씩 올라가기 시작했다. 연못에 조각배를 띄우고 낚시를 하던 사공들은 갑자기 파도치는 바다에 떠 있는 기분이 들었다. 왕은 마음을 가라앉히고 편지

를 신하에게 건네주며 당장 공주를 찾아 궁으로 데려오라고 명령했다. 그런데 어디선가 우는 소리가 났다.

"가서 그만 좀 울라 해라."

왕은 유모에게 분부를 내렸다.

"아니면 치앵창이 듣고 알아서 하겠지. 완전히 새로 휘저어놓든가."

이게 무슨 소린가 싶어 리우 이가 물었다.

"치앵창이 누굽니까?"

"내 아우를 모르는가?"

용왕은 신기하다는 듯 물었다.

"천신께서 치앵창 강을 내 아우에게 맡기셨지. 치앵창은 바다로 이어지는 강일세. 그곳 풍광은 정말 기가 막히지. 수려한 언덕, 기묘한 탑. 참, 하던 얘기로 돌아감세. 내 아우는 성미가 아주 급하네. 고집도 아주 세지. 자오 왕 시대에는 말이야, 그 끔찍한 요동이 9년을 갔다네.

믿을 수 있겠나? 내 아우의 이런 성질이 땅의 기질인지 하늘의 기질인지는 나도 모르겠네. 이런 것까지 자네한테 이야기해야 되는지는 모르겠네만 우리에게도 화백회의가 있다네. 신성을 부여받은 여러 장군들과 내 아우로 구성되어 있지. 좀 오래된 일이라 왜 그랬는지는 잊었네만 전에 내 아우와 몇몇 장수들이, 뭐, 걔들 버릇이지만, 인간들을 혼내줄 계략을 세웠네. 그래 인간들 고생깨나 했지. 자네도 알겠지만 말이야, 우리 용들은 너무 쉽게 들썽거려. 장군들은 더 예민해서 성질이 나면 품위를 잃고 마네. 당장 파리떼처럼 시끄럽게 천신한테 달려가서 불평을 토했네. 불쌍한 것이 둘 사이에 끼어가지고는.

내 아우는 나랑 사이가 틀어지는 것을 원치 않았네. 나는 수천 년 전 천공天호 개발 사업을 도운 적이 있네. 그래, 천신은 내 편이었지. 인간들을 괴롭힌 벌로 내 동생은 가택 연금에다 그 아이 소관인 치앵창 강도 몰수당했지. 한데 다들 그를 잊을 리 있나? 언젠가는 돌아올 거라 생각하네. 지방 사원에서는 향을 피우며 제를 올리기도 했네.”

용왕은 잠시 침묵했다. 바로 그때 하늘이 갈라지며 번개가 번쩍했다. 거대한 용 한 마리가 구름 사이에서 귀가 먹먹할 정도로 시끄럽게 나타났다. 발은 수천 폭은 될 듯 길고, 눈은 불처럼 이글거리고, 입에서는 불 같은 피를 토했다.

하늘이 온몸을 뒤흔들며 신음하고 포효했다.
이게 다 비취 기둥에 묶인 그 용이 용틀임을 하
는 통에 생긴 일이었다. 소나기와 광풍에 비둘
기 알 같은 우박이 튀어다녔고, 어느새 바닥에
서 뽑힌 옥색 비취 기둥은 공중을 날아다녔다.
그런데 용이 멀어지기만 하면 하늘은 다시 맑
아지고 겁먹은 태양은 구름 뒤에서 슬그머니
나타났다.

이 무시무시한 광경에 리우 이는 완전히 얼굴
이 창백해졌다. 무릎을 꿇고 머리를 땅바닥에
연신 찧으며 덜덜 떨었다. 감히 얼굴을, 눈을
들 수조차 없었다.

"무서워 마시오. 자네를 어떻게 하진 않소. 그
저 공포를 조장하는 거요. 나보다 수천 년은 어
리오. 애가 젊어 피가 끓는데다 도를 덜 닦아서
경솔하고 급하지. 하지만 나쁜 애는 아니오. 그

걸 몰라주면 형인 내가 좀 섭섭하지."

리우 이는 쭈뼛대며 일어났다.

"그래도 이만 가보겠습니다."

리우 이가 공손하게 말했다.

"제가 아직 살아 있는 게 믿기지 않을 뿐입니다. 제 운명을 시험하고 싶

진 않습니다. 혹시라도 아우님이 다시 오신다면, 저는."

"허허허, 이봐!"

용왕이 웃기 시작했다.

"무서워 말라니깐. 두고 봐. 걔를 다음번에 보면 그때 그 용이 맞나 할걸세. 얌처럼 순하다네."

리우 이는 여전히 마음이 안 놓였지만, 용왕의 기분을 상하게 할 수는 없어 그렇다면 조금만 더 있다 가겠다고 했다.

용왕은 기뻐서 서둘러 잔칫상을 준비하라 일렀다. 게들과 거북이들이 살이 꽉 차고 육즙이 흘러넘치는 요리들을 가져왔고, 오징어들은 술통을

굴려 왔다. 용왕은 잔을 들어 리우 이와 건배했다. 그들 머리 위로는 아주 작고 가볍고, 하얗고 몽실한 구름들이 떠다녔다. 고운 선율의 노랫소리와 맑은 웃음소리가 그 사이를 스쳐갔다. 바로 그때 문이 활짝 열리더니 화려한 드레스를 입은 아리따운 아가씨가 들어왔다. 리우 이는 놀라 쳐다보았다. 어? 어디서 봤는데……. 구름 양 떼들을 지키던 그 불쌍한 양치기 아가씨? 그러니까 공주님? 생각을 정리하기도 전에 살랑거리는 소리가 들리고 황홀한 향기가 감돌았다. 처녀는 옆방으로 사라졌다.

"잠시 실례하겠네."

용왕은 리우 이에게 양해를 구했다.

"내 딸을 좀 보러 가야겠네."

용왕은 처녀가 사라진 문으로 나갔다. 이어 끔찍한 비명과 함께 무서운 신음 소리가 들려왔다. 영문을 몰라 리우 이는 가슴이 뛰었다.

이윽고 용왕이 돌아왔다. 그런데 용왕은 수심 가득한 얼굴로, 푸른 곤룡포를 입은 한 낯선 사내를 데리고 들어왔다. 이 사내의 손에 경옥판이 들려 있는 것으로 보

아 왕족 관료인 게 분명했다. 왠지 얼굴이 용왕을 닮은 것도 같았다. 표정은 무뚝뚝했지만, 누구한테 무섭게 명령을 내리거나 위세를 부릴 것 같지는 않았다.

"내 동생 치앵창이네."

용왕이 말했다.

"방금 내가 말한."

"아, 예."

리우 이는 기어 들어가는 목소리로 허리를 숙여 인사했다. 벌벌 떨지는 않았지만, 처음 본 분이라 무례하게 얼굴을 똑바로 쳐다볼 수는 없었다.

치앵창의 얼굴은 이내 환해지며 바로 입을 열었다.

"어서 오십쇼, 지상인! 우리 조카 공주 일은 정말 고맙소. 정말 대단한 친절이오. 감행한 행동 역시나 단순한 지상인 그 이상이오. 그저 인간에 불과하나 뭘 좀 아는 것 같소. 여러 견지에서 천상의 피조물보다 낫소. 대단하신 몇몇 왕들도 계시지만, 그보다 더 뛰어나다 할까. 정말 빌어먹을 조악한 놈들도 있지. 가령 내 불쌍한 조카의 남편 같은 작자! 으윽, 정말 참을 수가 없어!"

그러더니 거만한 폼을 잡으며 덧붙였다.

"우리 용들은 늘 문화와 교양을 위해 애쓰고 있소."

"예, 잘 알고 있습니다."

리우 이가 공손하게 고개를 숙이며 답했다.

치앵창은 계속해서 말했다.

"그 불한당 놈한테 진정한 신사라면 어떻게 해야 하는지 내 보여주고 왔소. 좀 심하긴 했지만."

"네가 결국 또 일을 벌이고 말았어."

용왕이 근심에 젖어 말했다.

"형님, 너무 걱정 마십쇼. 제가 1시에 왕궁을 출발했습죠. 아직 까만 밤이라 다들 자고 별들만 반짝이더라고요."

치앵창은 떨지도 않고 계속했다.

"2시에는 현장에 도착했습죠. 2시와 3시 사이에는 뭐 좀 내가 해야 할 일을 신나게 했다 할까? 4시에는 귀갓길에 올랐습죠."

"아우야, 몇이나 그렇게 했냐?"

용왕은 걱정스럽게 물었다.

"50만?"

치앵창은 아무렇지 않게 대답했다.

"숫자는 정확하지 않아요. 하나 많을 수도 있고, 하나 모자랄 수도 있고. 뭐, 그게 대수인가요. 대가리들을 차곡차곡 포개어 탑을 만들었지요."

"그러면 논은? 네가 또 다 망친 거냐?"

용왕은 눈썹이 씰룩거리도록 힘을 주며 언성을 높였다.

"아니요!"

치앵창도 언성을 높였다.

"아닙니다. 그저 몇 천 평만 피해봤어요. 내가 태풍이랑 폭풍을 보내서 그렇게 했죠."

"그러면 그 불한당, 그 난봉꾼, 그 무식한 놈은 어떻게 했냐?"

"먹었지요."

치앵창은 태연하게 대답했다.

"하, 근데 맛이 없더라고! 자식, 질겨가지고는."

"아우야, 아우야! 제 버릇 남 못 준다더니만, 내가 그렇게 타이르고 타일렀건만 계속 그 성질을 못 버리느냐? 알았다. 천신은 아시겠지. 그분은 전지전능하시니까. 비열한 놈을 보고 네가 분노해서 그랬다는 것을 아서야 할 텐데. 아니면 너 때문에 내 다시 신명재판에 가서 고초를 당해야 한단 말이다. 조금만 성질을 죽이자, 아우야."

"알았어요, 알았어. 근데 이번만큼 심각한 일이 어디 있어요? 직접 나서야지!"

치앵창은 그리 중얼거리더니 어딘가로 갔다.

이튿날 공주의 귀환을 축하하는 잔치가 용궁에서 벌어졌다. 모든 귀족들이 참여했다. 최소한 9대째까지 올라가는 모든 일가친척들이 다 모였다. 조부, 조모, 숙모, 삼촌. 이런 연회가 늘 그렇듯이 모두가 진이 다 빠질 때까지, 갈증이 다 해소될 때까지 흥청망청 먹고 마셔댔다.

리우 이도 몇 잔이나 비웠다. 자정 무렵 치앵창이 그에게 몸을 기울이더니 밖에 나가서 바람 좀 쐬자고 했다. 축축하고 어두운 밤이었다. 바람에 갈대들이 흔들리는 소리만 이따금 들릴 뿐 고요한 밤이었다.

"이제야 좀 조용히 이야기를 나눌 수 있겠군."

치앵창이 먼저 말을 꺼냈다.

"자네한테 제안할 게 하나 있네. 내 제안을 받아들이면 우리는 함께 공중을 날아다닐걸세. 산도 넘고 계곡도 넘으면서 말이야. 만일 거절하면 자네들이 사는 땅은 검은 수의로 뒤덮일걸세. 까마귀들이 자네한테 장송곡을 불러주겠지."

"지금 무슨 소리를 하시는 겁니까?"

협박하는 투의 말에 화가 난 리우 이가 거칠게 말했다.

"모르지 않을 텐데. 우리 형님한테 어여쁜 딸이 하나 있잖나. 이제 아무한테나 우리 귀여운 꾀꼬리를 주진 않을걸세. 걔가 고생하는 꼴은 더는 못 봐. 자네가 더 잘 알지 않나. 어떤 수모를 당했는지. 그래 내가 생각하는 것은 말이야…… 어이 친구, 우리 용들은 차가운 심장을 가졌다네. 하지만 어떤 것이 건들면, 그 심장은 횃불처럼 뜨거워지지. 자, 본론으로 들어가지. 자네 출신이 낮은 건 이미 내가 많이 생각해봤어. 자네는 그저 인간에 지나지 않아. 하지만 자네 영혼은 귀하네. 이미 말했지만 우리 용들의 그것보다 더 고귀할세. 그래서 자네의 경우에는 예외를 두겠다는걸세. 젊은이, 자네 미천한 신분 따위는 괘념치 않겠어. 자네에게 내 조카를 주고 싶네. 그 애를 행복하게 해주게나."

"전하, 저는 조카님을 무한히 공경합니다."

리우 이는 진지하게 말했다.

"그리고 저에게 베풀어주신 호의도 황공할 따름이옵니다. 하지만 저는 받아들일 수 없습니다. 전하같이 뛰어난 분께서 그런 무분별한 행동을

156

할 것이라고는 생각하지 않았습니다. 대담하시고 협상도 하실 줄 압니다. 그건 인정합니다. 하지만 마을을, 나라를, 논밭을, 그 신성한 땅과 산을 모두 폐허로 만드셨습니다. 그럴 줄 아는 분이리는 걸 저도 이미 익히 보았습니다. 하지만 아무리 화가 나셨기로서니 기둥 줄을 그렇게 다 뽑아버리시다니……. 정의와 명예를 옹호하시는 건 이해합니다. 하지만 그건 용들의 이익과 특권을 위해서였습니다. 우리 인간들의 땅 역시나 그럴 만한 자격이 있습니다. 만일 제가 전하를 모른 채 만났다면, 그 고귀하신 입에서 뿜어져 나오는 불 혀를 보았다면, 맷돌처럼 굴러가는 그 불 같은 눈을 보았다면 추호의 의심도 없이 무서워서라도 전하에게 예의를 갖췄을 겁니다. 하지만 전하는 지금 제 앞에 성대한 연회복을 입으시고, 머리 위에는 화려한 관을 쓰신 주군으로 서 계십니다. 당신이 최고라고 여기십니다. 그래서 충분히 다른 사람을 위협할 수 있다고 생각하십니다. 그런데 한 말씀 드려야겠습니다. 그런 전하가 참 우습게 여겨집니다. 그 고상하신 귀족 특권으로 무엇을 하시었는지요? 이미 말씀드렸다시피, 비록 제가 조카님을 무한히 흠모하고 공경하오나 몰지각한 용 때문에 강제로 결혼하고 싶진 않습니다. 높은 분이신 건

잘 알지만, 우리 인간도 자존심이 있습니다. 말도 안 되는 것
으로 저희를 화나게 하지 마십시오."

"허허허, 미안하네, 미안해. 일부러 그런 것도 아니잖나."

치앵창은 리우 이의 긴 열변에 어쩔 줄 몰라 비늘을 긁적거
리며 말했다.

"이거 또 말실수하는 건지는 모르겠지만, 내가 술에 좀 취했어. 하, 그런
데 자네 보아하니 멋질 뿐만 아니라 아주 정의롭구먼. 우리 용들처럼 혈
족의 명예를 옹호할 줄 아는군. 자네에 대한 존경심으로 내 몸이 타오르
고 있네. 내 가장 큰 소원이라면 자네의 그런 호의를 나한테도 좀 베풀어
주면 하는 거네. 언젠가는 내 벗이 되어주게나."

"알았습니다. 안 될 것 없죠."

리우 이는 뻣뻣하게 대답했다.

"용을 친구로 두면 여러 모로 좋겠죠."

이제부터 죽는 날까지 그 우정 변치 말자며 둘은 서로 악수를 청했다. 그
런데 리우 이는 다시 혼자 있게 되자 이상한 괴로움을 느꼈다. 지금 막 자
기가 공주의 손을 뿌리친 셈 아닌가. 다만 치앵창이라는 그 고약한 삼촌
이 싫었을 뿐인데. 사실 그 아리따운 공주와 인연이 맺어진다면, 그처럼

행복하고 또 행복한 일이 어디 있겠는가.

날이 밝으면 이제 공주와 영영 작별을 해야 한다. 공주는 어두운 얼굴로 리우 이를 맞았고 리우 이 역시 유쾌한 기분은 아니었다. 다시는 그 천진난만한 공주의 초롱초롱한 눈을 볼 수 없다고 생각하니 우울했다.

"언젠가 우리가 다시 만날 날이 있겠지요."

떨리는 목소리로 리우 이가 말했다.

"예, 그런 날이 오겠지요."

공주도 낮은 목소리로 말했다. 두 줄기 뜨거운 용의 눈물이 공주의 뺨에서 흘러내렸다.

누군가가 연못 바닥에 발뒤축을 한 번 차자 리우 이는 서서히 물 위로 올라갔다. 물이 도란거리고 파도가 요동쳤다. 미역들이 작별을 고하듯 온몸을 살살 흔들었다. 거북들과 게들은 우정 어린 호위를 해주었다. 물에서 나왔을 때 그의 옷은 이미 다 말라 있었다.

푸른 하늘이 그림 같은 풍경 위에 걸려 있었고, 태양은 빛 조각을 떨어뜨리며 찬연하게 빛났다. 리우 이는 방금 자기가 있었던 곳과 지금 있는 현실을 구분하기 힘들었다. 여기가 거긴지, 거기가 여긴지. 겨우 집으로 가는 방향을 잡았다. 용왕이 그에게 준 선물들을 바라보노라니 꿈이 아닌

것은 여실했다.

천천히 걷지 않을 수 없었다. 진주 등의 보석으로 가득 찬 함이 산처럼 무거웠기 때문이다.

마침내 집에 당도한 리우 이는 그 마을 전체를 통틀어 최고의 부자, 가장 영예로운 사람이 되었다. 용왕이 준 진주알 하나만 꺼내면 되었다. 모든 이들이 그의 호의를 사려고 다투었고 조금의 진주라도 얻으려고 두꺼운 돈뭉치를 싸들고 왔다. 그러나 다 무슨 소용이겠는가. 사랑하는 이가 없는데. 보고 싶은 이를 못 보는데. 그래서 가슴이 찢어지는데.

사실 리우 이는 한순간도 공주 생각을 안 한 적이 없었다. 저녁마다 정자에 앉아 먼 산을 쳐다보았다. 연모하는 여인과 떨어진 기간이 길어지면 길어질수록 그녀가 잊히는 것이 아니라 더욱더 생각났다. 하지만 잘 알고 있었다. 인간 세계와 용의 세계 사이에는 건널 수 없는 경계가 있다는 것을.

여러 해가 그리 흘렀다. 리우 이는 너무도 외로웠기 때문에 서서히 결혼을 생각하기 시작했다. 하루는 누군가가 그 마을에 막 이사 온 처녀를 권했고, 리우 이는 이 처녀를 만나보지도 않고 혼인을 결심했다. 전통에 따라 신부는 불사조 문양이 새겨진 가마를 타고 도착했다. 혼례가 치러지

는 마당에서는 장구 치고 북 치는 소리가 요란했다. 그러나 신방은 조용
하고 은밀했다.

일 년이 흘러 리우 이의 아내는 아들을 낳았다. 갓 태어난 아들의 눈을 바
라보던 아빠는 이상하게도 그 눈을 어디서 많이 본 듯했다. 그때 그 공주
의 깜찍하고 초롱초롱한 눈 같기도 했다. 아기 옆에서 바느질을 하고 있
는 부인을 똑바로 바라보았다. 그러고보니 얼굴이 낯이 익었다. 아, 아니
다. 너무 낯이 익기도 하고 너무 낯이 설기도 하다.

'아냐, 내가 뭘 잘못 본 거야.'

리우 이는 머리를 세차게 흔들며 중얼거렸다. 부인을 한동안 쳐다보았
다. 자신에게 아들을 낳아준 부인이 그저 고마울 따름이었다. 한데 또 이
상하게 그 공주 생각이 머릿속을 떠나지 않았다.

멍하니 이런저런 망상을 하다가 무거운 한숨을 내쉬었다. 그런 그를 부
인이 그윽한 눈길로 쳐다보았다. 그 다정한 눈길을 받으니 가책 같은 것
이 느껴졌다. 부인이 물었다.

"무슨 일이에요?"

"아무것도 아니오. 그저 당신이 있어 행복하오."

리우 이가 대답했다.

"그러나 회한도 있소. 사실 내 가슴속에 한 여인이 항상 있었소. 내가 정말 좋아했던 여인이오. 하지만 걱정 말아요. 우리 세상 사람이 아니니까. 한데 점점 당신이 그 여자처럼 느껴지니 왜 그리는지 모르겠소."

리우 이는 잠시 말을 멈췄다가 부인에게 모든 이야기를 해주기 시작했다. 그의 이야기가 끝나자 부인이 빙그레 웃었다.

"제가 그 공주예요."

리우 이의 눈썹이 픽 올라갔다.

"놀라셨죠? 저도 너무 힘들었어요. 당신이 저를 원치 않는다는 것을 알고는. 너무 슬퍼 당신을 따라 지상으로 올라갈 결심을 했죠. 제가 당신 아이를 낳고 나면 당신도 결국 저를 사랑하게 될 것이라고 생각했어요. 이제 말해보세요. 그때 저의 어떤 점이 싫었던 거예요?"

"미안하오. 그날 내 태도를 용서해요. 당신이 싫었던 것은 절대 아니오. 다만 그 혼인 제안을 받아들일 수 없었소. 용왕에게 당신 편지를 갖다 준 건 바로 나였고, 그것이 간접적으로나마 당신의 남편을 죽게 만들었소. 만일 내가 그때 당신의 손을 잡았다면, 내 처신은 비열한 짓이 될 수 있었소. 게다가 당신 삼촌한테 정말 화가 나 있었소. 그가 하는 행동, 용들만이 세상의 모든 지혜를 가졌다고 확신하는 태도! 나랑 거래를 하듯 당신을 제안했소! 그래요! 그 거절 속에는 약간의 내 영웅적 허세도 있었소. 하지만 말해봐요. 만일 용들이 용들 좋으라고 우리 인간 목숨을 가지고 거래를 하고 장난을 친다면 그게 될 일이오? 하지만 내 말을 믿어요. 난 당신을 잊은 적이 한시도 없소."

남편의 말에 공주의 눈에서 또 눈물이 흘렀다.

"저는요, 저는요, 당신 없이는 살 수가 없어요. 당신은, 그러니까, 인간들은 우리 용들에 비해 한 토막 같은 짧은 생을 살잖아요. 제발 부탁이에요. 당신에게 저와 같이 긴 생명을 주고 싶어요. 저처럼 물속에서도 살고 땅위에서도 살게 하고 싶어요."

리우 이는 이 제안을 기꺼이 받아들였다. 오히려 아내의 말이 고마워 어찌할 바를 몰랐다. 둘은 오랫동안 아주아주 행복하게, 때로는 인간 세상에서 때로는 용의 세상에서 살았다.

샛별과 꾀꼬리
좡족 이야기

구름 산이라 불리는 산이 높이, 하늘 높이, 정말 구름 한가운데 솟아 있다. 구름 산은 꼭대기까지 산길 하나 나 있지 않다. 산발치에는 두 개의 바위가 말없이 앉아 있고, 그 바위들 밑 옹달샘에서는 두 갈래의 맑은 물줄기가 흘러나온다. 두 물줄기는 은빛 머리채처럼 평원을 굽이굽이 흐르다가 갑자기 풀밭 한가운데서 하나가 되어 냇물로 흐른다. 수정 같은 목소리를 내며 졸졸 흐르는 냇물은 때로는 기쁨을, 때로는 고통을 노래한다.

옛날 옛적 바로 이곳에 한 어여쁜 처녀와 잘생긴 총각이 살았다. 처녀 이름은 샛별이었다. 얼굴은 아주 갸름했고, 피부는 아침 이슬처럼 맑았으며, 고운 음성은 아기 새의 잔털만큼이나 여리고 부드러웠다. 검은 구름이 하늘을 가리면 그 고운 목소리는 해님을 생각나게 했다. 어둠이 대지를 덮으면 그 고운 목소리는 별들과 달을 매혹했다. 그 목소리를 들으며 사람들은 잠시 근심을 잊었다. 총각 이름은 꾀꼬리였다. 그의 마음은 수정처럼 맑았고, 아름다운 얼굴에서는 보석 같은 두 눈동자가 빛났다. 그가 입술에 피리를 대기만 하면 새들은 알아서 침묵했고, 사람들은 가던 길을 멈추었다. 샛별과 꾀꼬리는 사랑에 빠졌다. 서로가 서로 없이는 살 수가 없었다. 꾀꼬리의 피리 소리는 늘 샛별의 아름다운 목소리와 함께했다.

어느 여름 이곳에 큰 가뭄이 들었다. 나뭇잎은 노래졌고, 흙은 돌처럼 굳었고, 우물은 모두 말랐다.

"이거 어떻게 된 거야?"

사람들은 걱정이었다.

"이제 우리는 어떻게 살지?"

꾀꼬리의 수정 같은 피리 소리도 처음으로 멎었다. 샛별의 아리따운 목소리도 더는 들리지 않았다. 벼는 논바닥에 겨우 버티고 서 있을 뿐 누렇게 비쩍 말라 있었다. 흙은 갈증이 나 신음하듯 쩍쩍 갈라지고 비틀어져 있었다. 이 슬픈 광경을 본 꾀꼬리와 샛별은 가슴이 답답했다.

"샘을 파야겠어."

꾀꼬리가 말했다.

샛별도 찬성했다. 둘은 당장 일을 시작했다. 땅, 땅. 단단한 땅을 파는 곡
괭이 소리가 사방에 울려 퍼졌다. 한참 만에야 서서히 큰 구멍이 생기기
시작했다. 그때 갑자기 풀썩 하는 소리가 났고, 황색 개구리 한 마리가 구
멍 속에서 튀어나왔다. 목에 초록 리본을 단 멋쟁이 개구리였다.

"파지 마! 여긴 내 왕국이야!"

개구리가 말했다.

"내 말을 들으면 어떻게 물을 찾을 수 있는지 알려줄게. 구름 산 발치에
큰 바위가 있어. 바위가 갈라진 틈에 가시나무 하나가 뿌리를 내리고 있
을 거야. 그 나무를 타고 오르면 산꼭대기까지 갈 수가 있어. 그곳에 가면

하얀 수염에 헝클어진 긴 머리를 하고 누더기 같은 도포를 입은 할아버지가 한 분 계실 거야. 할아버지는 헝클어진 자기 머리를 두 갈래로 예쁘게 땋아줄 사람을 기다리고 있어. 그걸 해드리면 아마 '그 대가로 뭘 해줄까?' 하고 물으실 거야. 그러면 그때, 원하는 건 오로지 물이라고 대답해. 할아버지가 안 도와주면 그다음에는 나도 모르겠어."

이 말을 던지고 개구리는 마치 땅이 훅 삼킨 것처럼 땅속으로 꺼졌다.

샛별과 꾀꼬리는 구름 산 발치에 도착했지만 눈 앞이 캄캄했다. 산은 그

들 앞에 아무 말 없이, 무심하게, 절대 닿을 수
없는 곳처럼 마냥 우뚝 서 있었다. 깎아지른 매
끈한 절벽만 있을 뿐 어디 발이라도 좀 디뎌 올
라가게 울퉁불퉁 튀어나온 곳도 없었다. 산을
다 휘돌아보았지만 별 게 없었다. 한데 마침 개
구리가 말한 큰 바위가 보였다. 눈 깜짝할 사이
큰 바위에서 가시나무가 솟더니 산꼭대기를 타
고 마구 뻗어 올라갔다.

"우리는 절대 저렇게 높이까지 올라가지 못할
거야."

샛별이 바늘처럼 뾰족한 가시로 뒤덮인 나무를
보며 말했다.

"걱정 마. 날 꽉 잡아."

꾀꼬리가 대답했다. 꾀꼬리는 샛별을 업었고,
샛별은 그의 허리를 꽉 잡았다.

꾀꼬리는 가시나무를 올라타기 시작했다. 가시
가 손에 박혀 아팠지만 꾹 참았다. 한참을 힘겹

게 올라 마침내 꼭대기에 이르렀다. 아니나 다를까, 백발노인
이 기다리고 있었다.

"와줘서 고맙군."

노인이 말했다.

"누가 와서 내 머리 좀 땋아줬으면 하고 기다리고 있었지."

"저희가 해드릴게요, 할아버지."

꾀꼬리가 말했다. 그리고 샛별과 함께 바로 머리를 땋기 시작했다. 쉬지도
않았고 몇 시간이 걸려 바닥까지 내려온 긴 머리를 두 갈래로 땋았다.

"나를 이렇게 도와주었는데, 원하는 것이 있으면 말해보렴. 너희들 소원
을 들어줄 테니."

"아, 할아버지, 저희가 원하는 것이 딱 하나 있어요."

꾀꼬리가 대답했다.

"저희 마을에 큰 가뭄이 들었어요. 논밭이 다 말라비틀어졌고, 풀도 다
시들어 노래졌어요. 사람들도 물이 없어 죽어가고 있고요."

"그래? 어떻게 하면 물을 찾을 수 있는지 알려주마."

노인은 고개를 끄덕이며 말했다.

"하지만 그 일을 할 만큼 용기가 있는지 모르겠다."

"저희가 뭘 해야 하는지 알려만 주세요. 아무것도 무섭지 않아요."

꾀꼬리와 샛별은 한목소리로 말했다.

노인은 손을 왼쪽 귀에 갖다 대더니 반짝거리는 검은 진주 알을 꺼냈다.

"자, 이 진주를 가져라. 너희들 중 하나는 이 진주알을 삼켜야 한다. 그러면 바위로 변할 것이다. 그 바위 밑에서 절대 마르지 않을 샘물이 솟을 것이다. 그러면 마을을 구할 수 있겠지? 자, 그럼 이제 가봐라. 혹시라도 내가 또 필요하면 구름 산을 세 번만 탁탁 쳐라. 그러면 된다."

꾀꼬리와 샛별은 서로를 슬프게 바라보았다. 노인의 말은 곧 둘이 헤어져야 함을 뜻하기 때문이었다. 하지만 마을 사람들의 고통을 해결해줄 수 있다는 생각에 힘이 났다. 말없이 둘은 동시에 진주알에 손을 뻗었다. 하지만 꾀꼬리가 조금 빨랐다. 진주알을 얼른 손에 쥐었고, 저고리 밑에 숨겼다.

"내 보여줄 게 또 하나 있다."

노인은 곱게 땋은 은빛 머리 타래를 둘에게 내밀었다. 샛별과 꾀꼬리는 각자 하나씩 잡았다. 순간 몸이 머리 타래를 따라 미끄러져 내려갔다. 세

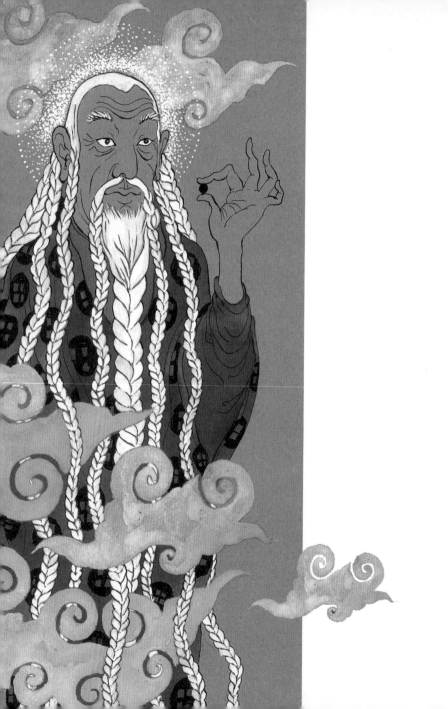

상이 뱅뱅 돌고 바람이 귓가에서 윙윙 불었
다. 무슨 일인가 정신을 차리기도 전에 이
미 둘은 산 아래에 와 있었다. 어안이 벙
벙했다. 은빛 머리채는 휘영청 공중을 가
로지르더니 번개처럼 하늘 높이 사라졌다.
꾀꼬리는 저고리 밑에 손을 집어넣어 조심
스럽게 검은 진주알을 꺼냈다. 둘의 눈
가에 눈물이 맺혔다. 고통스럽게 서로
를 바라보았다.
"이리 줘."
샛별이 조용히 말했다.
"싫어."
고개를 저으며 꾀꼬리가 말했
다. 이들은 진주알을 가지고 잠
시 다투었지만 결국 꾀꼬리가 다
시 잡았다. 그러고는 얼른 입속에
털어 넣었다. 샛별은 어쩔 수 없이

쳐다보기만 했다. 사랑하는 사람이 벙어리 돌로 변해 갔다. 그러자 맑고 투명한 작은 물줄기가 돌 밑에서 솟아 나왔다.

"꾀꼬리야, 꾀꼬리야, 이제 너 없이 난 어떻게 하니?"

차가운 바위로 변한 꾀꼬리를 팔로 부둥켜안고 샛별은 엉엉 울었다. 하지만 그래봤자 소용없는 일이었다. 바위는 살아나지 않았다. 샛별은 바위 옆에 앉아 머리를 손으로 감싸고 오로지 한 가지 생각만 했다. 어떻게 하면 자기도 바위로 변할까 하는 것이었다.

한 가지 생각이 번쩍 스쳤다. 샛별은 구름 산으로 달려가 산을 세 번 두드렸다. 공중이 잠시 흔들리더니 두 기다란 은빛 머리 타래가 바닥에 떨어졌다. 샛별은 그것을 잡고 올라갔다.

"무슨 일로 또 왔니, 애야?"

노인이 물었다.

"아, 할아버지 이 황폐해진 나라를 보세요. 샘물 하나로는 부족해요. 제발 저에게도 진주알을 주세요. 저도 마르지 않는 물이 솟는 바위가 되게 해주세요."

노인은 잠시 망설이다 감동한 목소리로 말했다.

"그래, 너의 소원을 들어주마."

손을 오른쪽 귀에 갖다 대더니 이번에는 눈부시게 하얀 진주알을 꺼내 샛별에게 내밀었다.

샛별은 고마워하며 노인의 머리 타래를 붙잡았다. 바람이 휭 한 번 불더니 샛별은 언제 그랬냐 싶게 다시 바위 옆에 와 있었다. 아니, 바위로 변한 꾀꼬리 옆에.

"난 절대 너를 버리지 않을 거야. 우린 영원히 하나야."

샛별은 속삭였다. 그리고 입안에 하얀 진주알을 밀어 넣었고 곧장 바위로 변했다.

전에는 바위가 하나였는데, 이제는 두 개의 바위가 서로 기대고 서 있었다. 두 바위 밑에서는 가늘고 맑은 물이 두 줄기로 조용히 흘러나왔다. 꾀꼬리 피리 같은 물소리가, 샛별 노랫소리 같은 물소리가 화음을 이루었다.

두 물줄기가 흐르니 나뭇잎은 다시 파래지기 시

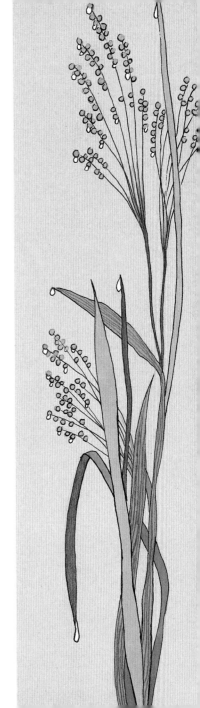

작했고, 고개 숙인 벼도 다시 몸을 일으켜 세웠다. 대지는 생명을 되찾았다.

"물이다! 물!"

사람들은 큰 소리로 외쳤다. 집 밖으로 뛰쳐나와 냇물에 몸을 구르고 시원한 물을 정신없이 마셨다. 하지만 물이 어디서 나오는지는 몰랐다.

누군가가 말했다.

"꾀꼬리 소리랑 샛별 목소리가 이 물에서 들리는 거 같지 않아?"

사람들은 잘 들어보았다. 정말이다! 투명한 두 음이 떨리며 합창을 하고 있었다.

"한데 꾀꼬리와 샛별은 어디 갔지?"

누군가가 말하자 모두 걱정하기 시작했다.

다들 두 사람을 찾아 나섰다. 그러다 사람의 몸 형상을 닮은 두 개의 바위 앞까지 오게 되었다. 전에는 이곳에서 한 번도 이런 바위들을 본 적이 없었다. 바위 하나는 꾀꼬리의 그 초롱초롱한 눈으로 그들을 바라보았고, 또 다른 바위 하나는 샛별의 그 고운 얼굴로 그들을 보고 웃었다.

그날 이후 아무도 이 아리따운 아가씨와 잘생긴 총각을 다시 보지 못했다. 하지만 바위 밑에 흐르는 샘은 결코 마르지 않았고, 수정 같은 피리 소리와 처녀의 아름다운 목소리는 한 번도 마을을 떠난 적이 없었다.

미니아가 쌀을 먹게 된 사연
하니족 이야기

옛날 황실에서는 쌀을 먹을 줄 몰랐다. 황실 사람들은 사람 혹은 동물의 몸처럼 쌀을 싸고 있는 껍질이 살이고, 쌀 알맹이를 뼈라고 생각했다. 그래서 껍질은 먹고, 탄수화물이 풍부한 알맹이는 버렸다.

황제에게는 엄청나게 많은 시녀들이 있었는데, 그들 가운데 미니아라는 처녀가 있었다. 미니아는 특히 황후의 시중을 드는 시녀였다. 황후는 아주 못돼먹어서 시녀들을 때리고, 욕하고, 혼냈다. 그리고 벌로 밥을 굶기기가 일쑤였다. 어느 날 황후는 발 씻을 물을 빨리 가져오지 않는다고 미니아를 구박했다.

"빨리빨리 대령하지 못해? 이렇게 느려터지게 일할 거면, 밥 먹을 자격도 없어. 오늘부터 굶어라, 알겠느냐?"

183

아무리 그래도 미니아는 못된 황후를 계속 시중드는 도리밖에 없었다. 아무것도 먹지 못해 점점 야위어갔고 얼굴은 시체처럼 창백했다. 미니아는 참을 수 없는 고통을 느끼며 속으로 말했다.

'아, 배고파 죽을 것 같아. 이러다 죽으면 어떡하지? 아냐, 그럴 순 없어. 살아야 해. 쌀 알맹이라도 먹어야 해.'

그래서 버린 쌀 알맹이들을 긁어모아 익혔다. 처음에는 이상했으나 나중에는 확실히 알게 되었다.

"진짜 이상하단 말이야. 알맹이가 껍질보다 더 맛있어."

그래서 매일같이 알맹이를 주워서 끓여 먹었다. 시간이 어느 정도 흐르자, 미니아는 굶어 죽기는커녕 나날이 살이 오르고 예뻐졌다. 얼굴은 혈색이 돌아 붉은 장미 같았다. 다른 시녀들도 놀랐다. 미니아의 기분 좋은 웃음은 모두를 매료시켰다. 시녀들이 미니아한테 와서 물었다.

"미니아, 넌 하나도 안 먹는데 어떻게 이렇게 예뻐졌니? 선녀도 너랑 경쟁이 안 되겠다. 비밀이 뭐야? 우리도 좀 알려줘."

미니아는 쌀밥을 건네며 다른 시녀들에게 먹어보라고 했다.

"다른 사람한테는 절대 말하지 마. 황후께서 알면 큰일 나."

그 후 매일 저녁 다른 시녀들도 몰래 미니아 집에 와서 굶주린 배를 채우고 집으로 돌아갔다.

황후도 날이 갈수록 예뻐지는 미니아가 신기했
다. 지금은 자기보다 더 예쁘다는 생각이 들었
다. 왕이 행여나 자기를 버리고 미니아를 후처
로 맞아들일까봐 걱정이 이만저만이 아니었다.
질투가 난 황후는 미니아를 살살 추궁해보았다.
"말해봐, 미니아. 네 아름다움의 비결이 무엇
인지. 네가 원하는 걸 다 줄 테니. 네 말을 들으
마. 넌 선녀처럼 곱구나. 또 정말 착하고. 넌 날
이토록 고통스럽게 내버려두진 않을 거야. 네
비밀을 털어놓지 않으면 난 슬퍼서 콱 죽어버
릴 거야."

황후는 자신이 아주 그럴 듯했다고 믿었다. 그
리고 미니아가 분명 그렇게 예뻐진 이유를, 그
방법을 알려줄 것이라고 생각했다. 하지만 미
니아는 입을 딱 다물고 절대 말을 하지
않았다.

황후는 더 불안해지고 걱정이 되어 밤에는 잠도 오지 않았다. 그러고보니 미니아는 다른 시녀들과 아주 사이가 좋은 것 같았다. 갑자기 좋은 생각이 났다.

이튿날 아침 황후는 지난번과는 다른, 아주 거친 말투로 미니아를 추궁했다.

"넌 내 호의를 받을 자격도 없어. 네 비밀을 말해주지 않으면 황제한테 말해 네 시녀 친구들을 다 죽이라고 할 거야."

미니아는 방에서 울었다. 친구들이 미니아의 눈이 퉁퉁 부어 있는 것을 보고는 물었다.

"미니아, 왜 운 거야? 말해봐. 뭐가 그렇게 힘든지. 우리가 도울게. 황후가 때렸니?"

미니아는 눈물만 쏟을 뿐 아무 말도 하지 않았다. 친구들은 같이 울었다. 미니아는 친구들이 자기 때문에 해코지당하는 것을 원치 않았다.

"황후가 우리 비밀을 다 털어놓으래. 안 그러면 황제한테 말해 너희들을 다 죽이겠대. 어떡하지?"

친구들은 소스라쳤다. 하지만 곧 진정했다.

"아무 말 하지 마. 황후가 우리를 죽이겠다면 그러라지."

"안 돼! 너희들을 죽게 할 순 없어."

"우리 비밀을 말하느니 죽는 게 나아."

시녀들은 결심한 듯 말했다. 친구들의 목숨을 살리기 위해 미니아는 머리를 쥐어짜고 쥐어짰다. 드디어 좋은 해결책이 떠올랐다.

하루는 황후한테 가서 조용히 말했다.

"황후님, 제가 그 비밀을 말할게요. 하지만 여기서 말고요. 듣는 귀가 없게 황후님 방으로 가요."

황후는 미니아를 자기 방으로 데려가더니 들떠 말했다.

"내가 뭐랬어! 넌 정말 예쁘기만 한 게 아니라 착하기까지 하다니까. 어서 네 비밀을 말해봐. 네가 원하는 건 다 해줄게."

미니아의 얼굴에는 알 수 없는 웃음이 흘렀다.

미니아보다 더 예뻐지고 싶은 욕망에 불타 황후는 어서 말하라며 재촉했다.

"황후 마마, 침착하세요. 제 비밀을 다 털어놓을게

요. 저는 특별히 바라는 것도 없어요. 다만 소원이 하나 있어요."

미니아가 말했다.

"뭐? 말해봐."

"제 소원을 꼭 들어주겠다고 약속할 수 있으세요?"

"당연하지! 약속!"

"그러면 약속하셨으니까 마마께서 제 소원을 꼭 들어주셔야 해요. 그래야 제 비법을 말해드려요. 뭐냐하면, 황제께 부탁해 모든 시녀들을 궁에서 내보내도록 하세요. 다시는 궁에 부르지 마시고요."

황후는 온갖 달콤한 말로 애교를 부려 마침내 황제의 허락을 얻어냈다. 하여 황제는 시녀들을 모두 궁에서 내보냈다. 미니아의 얼굴에는 화색이 돌았다. 드디어 미니아는 황후에게 고백했다.

"황후 마마, 마마께서 저에게 먹는 것을 금한 이후로 저는 너무도 배가 고팠습니다. 참기 힘든 고통이었지만 의지로 버텨냈습니다. 한번 극복하고 나니 계속 참을 만했습니다. 그랬더니 이상하게 몸도, 마음도 더 편해지더라고요. 균형감 같은 게 생겼어요. 그러니 얼굴도 더 예뻐진 겁니다. 힘드시겠지만 마마께서도 그리 한번 해보세요. 일단 굶고, 잘 참아보십시오. 저보다 더 아름다워지실 겁니다."

아름다워지고 싶은 욕망에 황후는 일절 먹지 않았다. 너무 고통스러웠다. 아흐레를 겨우 버티다 열흘째 되는 날, 더는 못 참고 쓰러졌다. 시름

시름 앓다가 결국 죽었다. 황제는 어찌 생각했을까? 황제는 다 자신의 불찰이라며 한숨을 내쉬었다.

이 일이 있은 후에야 하니족은 열심히 농사지어 수확한 윤기 자르르한 쌀을 먹게 되었다고 한다. 쌀겨가 아니라 쌀 알맹이를. 지금도 쌀밥을 먹으면서 가끔 이 옛날이야기를 하기도 한다고 한다.

하늘 피리
리족 이야기

옛날 부춰 산 아래 피리를 아주 잘 부는 총각이 살았다. 꾀꼬리의 선율도 그 피리 선율에 못 미쳤고, 개똥지빠귀의 화음도 그 피리 화음에 못 미쳤으며, 종달새 소리도 그 구슬 같은 피리 소리에 비하면 아무것도 아니었다. 새들은 그 피리 소리를 들으면 날갯짓을 멈추며 주춤주춤 나뭇가지 위에 앉았고, 농부들은 일하던 손을 놓았으며, 노인의 얼굴에는 젊은이의 화색이 돌았고, 아이들은 방방 뛰었다. 사람들은 그의 피리 소리를 하늘의 소리라 했다. 그리고 이 연주자를 천상의 피리 연주자라 했다.

어느 날 용왕이 바닷가에서 불사신들을 위한 연회를 베풀었다. 온갖 화려한 옷을 차려입고 각처에서 온 8천여 명의 하객들 한가운데 곱게 수놓은 비단옷에 비춰 각대를 찬 용왕이 앉아 있었다. 하객들은 연신 술잔을 거울였고 다들 얼근하게 취했다. 도란도란, 시끌벅적 음주 가무는 무르익어갔다.

한편 이 천상의 피리 연주자는 한참을 낚시할 곳을 찾다가 우연히 이 바닷가 근처에서 멈추었다. 그물을 바다에 펼치고, 어느 바위 위에 앉았다. 용왕이 하객들에게 건배를 청하는 순간 어디선가 피리 소리가 들려왔다. 선율이 너무 고와 불사신들은 넋을 잃었다. 들고 있던 술잔을 떨어뜨릴 정도였다. 분명 피리 연주자는 천상의 사람일 것이라고 생각했다. 물론

이 총각은 자신의 연주를 불사신들이 듣고 있는 줄은 꿈에도 몰랐다.

피리 소리에 매료된 용왕은 자기 아들도 저런 연주를 할 수 있으면 얼마나 좋을까 생각했다. 용왕은 일어나서 소리가 나는 방향으로 발을 옮겼다. 그리고 마침내 이 피리 연주자를 보게 되었다. 용왕은 그에게 아들의 선생이 되어달라고 청하였다. 총각은 황송해하며 용왕의 청을 받아들였다. 그물을 걷고, 허리띠에 피리를 달고 용왕을 따라갔다.

어느덧 3년이 흐르자 총각은 집이 그리웠다. 하루는 용왕에게 집에 돌아

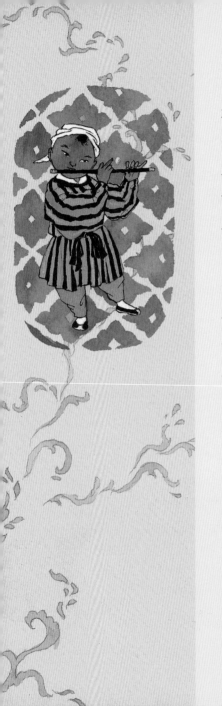

가고 싶다고 말했다. 아들의 피리 연주가 제법 어느 수준에 이르렀다고 생각한 용왕은 알겠다고 했고, 감사의 뜻으로 두 가지 보물을 내리겠다고 했다.

용왕 아들의 안내를 받아 총각은 보물고에 들어갔다. 영롱하고 다채로운 빛깔의 보석들과 귀금속들이 가득했다. 분홍빛, 초록빛, 푸른빛, 자줏빛, 황금빛으로 눈부셨다. 그런데 한쪽 구석에 크기가 제각각인 함들과 짚을 엮어 만든 도롱이들이 몇 개 있었다. 한 바퀴 죽 돌며 구경하는데, 대나무 바구니들도 보였다. 그 앞에 서서 그는 잠시 생각했다.

'나도 이런 바구니가 있으면 좋겠구나. 내가 잡은 물고기랑 새우를 여기에다 보관하면 그만이겠어.'

그래서 그것을 고르고는 도롱이가 있는 구석으로 갔다.

'저런 도롱이가 있으면 비가 오나 바람이 부나 낚시를 할 수 있겠지?'

그래서 또 그것을 골랐다. 용왕의 아들은 스승이 왜 이런 바구니와 도롱이를 고르는지 몰랐다.

"여기 진짜 값나가는 보석들이 많은데 왜 그렇게 평범한 것을 고르세요?"

"금이나 은 같은 보화들도 가치가 있지만, 내게는 이 대나무 바구니와 도롱이가 더 가치가 있구나. 이게 있으면 날씨가 어떻든 낚시를 할 수 있거든. 비가 오나 바람이 부나 눈이 와도. 평생 굶주릴 일도 없고."

그런데 집으로 돌아온 피리 연주자는 이 바구니와 도롱이가 범상치 않은 물건인 것을 알게 되었다. 낚시를 하고 와서 대나무 바구니를 열면 잡은 물고기는 벌써 생선 요리가 되어 있었고, 도롱이는 그가 가고 싶은 곳이면 어디든 데려다주었다.

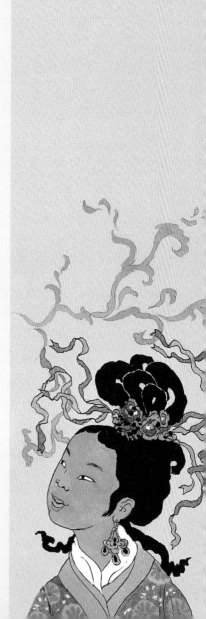

하루는 이 두 소중한 것을 가지고 부치 산 꼭대
기로 날아가서 피리를 불었다. 그때부터 피리
소리는 하늘 아래까지 울려 퍼지게 되었고, 사
람들에게 기쁨과 행복을 주었다.

황제가 된 개구리
좡족 이야기

옛날에 아주 가난한 부부가 있었다. 곧 태어날 아기가 있었지만 남편은 생계를 위해 집을 떠나 멀리 일하러 가야 했다. 떠나기 전 아내를 한참 안아주고 조용히 바라보았다. 그리고 얼마 남지 않은 동전 몇 닢을 건네며 말했다.

"아기가 태어나면 당장은 힘들겠지. 우리가 이렇게 가난하고 능력이 없으니. 하지만 아이가 어른이 되면 우리 생계를 돕지 않겠소?"

남편이 집을 떠난 지 석 달이 지났을때, 부인은 사람이 아닌 개구리를 낳았다.

기겁한 산모는 엉엉 울었다.

"개구리라니! 자라서 돕기는커녕 창피해서 이를 어떡해."

당장 없애버리고 싶었지만 차마 용기가 나지 않았다.

키우고도 싶었지만 이웃 사람들 눈이 두려웠고 남편이 했던 말도 생각났다. 아이를 죽일 수는 없어 침상 밑에 숨겼다. 두 달이 지나자 아기 개구리는 너무 자라서 더 이상 숨겨 놓을 수도 없었다. 그런데 하루는 말까지 하는 게 아닌가!

"엄마, 아빠가 오늘 돌아와요! 나 길가에 나가서 기다릴래요."

아들의 말이었다.

남편은 정말 그날 저녁에 돌아왔다.

"당신, 아들 봤어요?"

걱정이 되어 아내가 물었다.

"아들? 아들이라니. 어디서?"

"당신을 기다린다며 나갔어요. 길에서 혹시 못 봤어요?"

"아니! 아무도 못 봤는데?"

남편이 놀라 대답했다.

"징그럽게 생긴 개구리 한 마리는 봤는데."

"흑흑흑, 그 개구리가 당신 아들이에요."

아내가 흐느끼며 말했다.

남편은 기가 막혔다.

"그런데 어찌 날 마중 나가라 했소? 당신 무슨 생각으로?"

"전 아무 말 안 했어요. 당신이 오늘 저녁 돌아온다고 그 애가 말했어요.
그러고는 당신을 기다린다고 나갔어요."

"정말 괴상한 일이군."

뭔가 심상치 않은 것을 느낀 남편은 생각했다.

'내가 오는 건 아무도 모르는데 어떻게 그걸 알았지? 아마 평범한 개구
리가 아닐 거야.'

갑자기 반색을 하고 남편이 말했다.

"어서 데려와요. 아이가 춥겠군."

아내가 문을 열자 바로 문 앞에 개구리가 있었다.

"길에서 만난 게 너냐?"

아버지가 물었다.

"예."

개구리가 말했다.

"아빠를 기다렸어요."

"내가 오늘 저녁에 오는 것을

어떻게 알았느냐?"

"저는 하늘 아래서 일어나는 일은 다 알아요."

이 말에 아버지와 어머니는 어안이 벙벙했다. 개구리 아들이 상상할 수
도 없는 큰일을 할 수 있을 것도 같았다.

"우리 나라가 지금 위험에 처해 있어요."

개구리가 자못 심각하게 말했다.

"외적들이 쳐들어올 거예요. 황제가 항복할지 몰라요. 아빠, 제발 저를
황제한테 좀 데려다주세요. 우리 나라를 구해야죠!"

"네가 어떻게?"

아버지가 되물었다.

"첫째 넌 말도 없고, 둘째 무기도 없고, 셋째 넌 한 번도 전쟁에 나가본 일도 없다. 어떻게 네가 전투를 하겠다는 거냐?"

개구리는 농담을 한 것이 아니었다.

"제가 부탁드리는 것은 그냥 황제한테 데려다주기만 해달라는 거예요. 그다음은 제가 알아서 할게요. 제발 걱정 마시고요, 제가 무찌를 수 있다니까요!"

아들을 말릴 수 없어 아버지는 아들을 황제가 사는 수도로 데려갔다. 이틀 후 궁 앞에 당도했고, 황제가 내건 호소문을 보았다.

우리 성이 위험에 처했다.

수일 내에 적이 침략할 것이다.

적을 무찌르는 자, 짐의 딸을 주겠다.

개구리는 앞발을 내밀어 호소문을 벽에서 뜯어내더니 그런 일은 식은 죽 먹기라는 듯 종잇장을 한입에 삼켰다. 이를 본 성 문지기는 기가 막혀 눈이 휘둥그레졌다. 그렇게 담대한 개구리는 처음 보았다. 황실 폐하의 호

소문을 먹다니! 어찌 됐든 성 문지기는 개구리를 황실로 데려갔다.

황제는 개구리에게 적을 무찌를 방안과 가능성이 있는지 물었다.

"예, 폐하."

개구리가 아뢰었다.

황제는 병사와 말이 얼마나 필요한지 물었다.

"하나도 필요하지 않습니다."

"활활 타는 숯불이면 충분합니다."

의아한 눈빛을 보내며 황제는 어쨌거나 명령했고, 숯불은 당장 대령되었다. 불꽃이 활활 타오르는 뜨거운 숯불이었다. 개구리는 그 앞에 앉더니 아무렇지 않게 숯불을 한입씩 먹기 시작했다. 3일 낮, 3일 밤을. 하도 먹어 배가 산만큼 불뚝해졌다. 적들은 진군하고 있었고, 성은 곧 함락 직전이었다. 황제는 초조해 안달이 났으나 개구리는 태연히 숯불이나 먹고

있었다. 3일 후, 드디어 성안의 동태를 살피러 적의 몇몇 병사들이 몰래 성벽을 타고 들어왔다. 병사들과 말들은 성곽 밖에 떼거리로 진을 치고 있었다.

"도대체 어떻게 적들을 몰아내겠다는 것이냐?"

황제가 속이 타서 물었다.

"사수들에게 활을 쏘지 말고, 성문을 활짝 열어놓으라 하세요."

황제는 얼굴이 하얗게 질려 물었다.

"무슨 말을 하는 게냐? 적들이 바로 코앞에 있는데 문을 열라니! 지금 나랑 말장난하겠다는 것이냐?"

"폐하, 적을 무찌르는 일을 저에게 맡기지 않으셨습니까? 제가 하라는
대로 해주시기 바랍니다."

황제는 기가 막혔지만 개구리의 말을 들을 수밖에 없었다. 병사들에게
활과 화살을 거두라고 바로 명령했다. 그리고 성문도 열게 했다. 성문이
열리기 무섭게 적들이 돌진해왔다. 성탑 꼭대기에서 이를 조용히 내려다
보고 있던 개구리는 조금 전에 먹었던 숯불을 하나씩 토해내기 시작했
다. 불붙은 말과 병사들은 혼비백산 달아나느라 정신이 없었다.

황제는 너무 기뻤다. 개구리를 장군으로 승격시키고, 몇 날 며칠 승전 잔
치를 열었다. 그러나 공주에 대해서는 한마디도 꺼내지 않았다. 아무리

영웅이라지만 개구리에게 공주를 주기는 싫었다. 공주도 당연히 기겁을 하고 죽어도 싫다 할 것이 뻔했다.

'도저히 그럴 순 없어.'

황제는 속으로 되뇌었다. 하지만 포상을 내걸었으니 결혼을 시키긴 해야 한다. 그렇다면 누구와? 개구리와? 절대 안 된다. 결혼을 약속한 마당이나 그래도 결혼은 개구리 아닌 다른 영웅과 해야 한다. 결국 황제는 공 던지기 시합을 해서 공주와 결혼할 상대를 찾기로 최종 결정했다.

공 던지기로 공주의 부군을 정하노라!

전국에 소문이 퍼졌다. 성문 앞 장터는 벌써부터 사람들로 들썩였다. 행운을 잡기 위해 전국 방방곡곡에서 사람들이 몰려들었다. 부자건 가난뱅이건, 늙은이건 총각이건 사내란 사내는 다 모여들었다.

결전의 날이 밝았다. 개구리는 군중들의 발에 깔려 죽고 싶지는 않아서 공 던지기가 펼쳐질 광장에서 조금 멀찍이 떨어져 있었다.

화려한 장식의 누각이 설치되었다. 황제는 연단에 공주와 함께 앉았다. 오색영롱한 옷을 입은 시녀들이 공주를 보필했다. 드디어 결전의 시간이

왔다. 공주가 공중에 공을 던졌고, 공은 사뿐히 날아갔다. 광장에 몰려 있던 군중들은 성난 파도처럼 우르르 공을 향해 달려갔다. 공을 서로 잡으려고 미친 듯이 손을 뻗었다. 멀찍이 한쪽에 떨어져 있던 개구리는 크게 숨을 한 번 들이켜더니 소용돌이처럼 냅다 뛰어올라 공을 낚아챘다.

이젠 울며 겨자 먹기로 공주를 개구리와 혼인시킬 수밖에 없는 노릇이었다. 그러나 황제는 단념할 수 없었다. 그래서 이렇게 선언했다.

"공주가 던진 공을 잡을 자격은 인간 손에게만 있다. 동물 손은 안 된다."

그러고는 공주에게 다시 한 번 던지라고 했다. 이번에는 한 건장한 총각이 공을 잡았다.

"옳거니! 됐다. 자, 자네가 장차 내 사위일세."

성대한 연회가 열렸다. 그 총각이 누구겠는가? 바로 개구리였다. 인간으로 변신한.

결혼 후 총각은 낮에는 개구리가 되었으나 밤에는 개구리 허물을 벗고 멋진 사내로 변했다.

공주는 그 비밀을 오래 간직하지 못하고 그만 황제에게 발설하고 말았다. 황제는 놀랐으나 밤에라도 사람으로 변하니 다행이라 생각하며 사위에게 물었다.

"자네, 밤에는 멋진 사내로 변한다며? 다행이군. 그렇다면 그 흉측한 피부를 낮에는 왜 갖고 있는 건가?"

"아, 폐하. 이 피부는 값을 매길 수 없는 가치를 지니고 있습니다."

개구리가 대답했다.

"겨울에는 저를 따뜻하게 보호해주고 여름에는 시원하게 해줍니다. 비바람도 막아주고요. 거센 불길도 저를 어떻게 하지 못합니다. 이 피부를 걸치고 있는 한 수천 년은 아무 걱정 없죠."

"그래? 그렇다면 나도 한번 걸쳐볼 수 있겠나?"

황제가 물었다.

"아무렴요."

개구리는 얼른 그 피부를 벗어주며 말했다.

황제는 신이 났다. 용 자수가 화려한 곤룡포를 벗고 개구리가 벗어놓은 징그러운 허물을 걸쳤다. 개구리는 얼른 황제의 곤룡포를 입었다. 아뿔싸! 황제는 개구리 허물을 막상 입고 나서야 그걸 다시 벗을 수는 없다는 걸 깨달았다. 이제 개구리는 황제가 되었고, 그의 장인은 영영 개구리가 되고 말았다.

태양을 찾아서
한족 이야기

옛날에, 아주 옛날에 시후 가까이 사피르 산 발치에 작은 마을이 있었다. 젊은 부부가 그곳에 살고 있었는데 남편 이름은 리우 춘, 부인 이름은 추 웨이니앙이었다. 남편은 밭에서 일하고, 아내는 집에서 천을 짰다. 둘은 열심히 일하며 평화롭고 행복하게 살았다.

부부가 되어 함께 산 지 어언 5년, 아내는 아기가 생겼음을 알게 되었다. 부부는 마냥 행복했고, 마을 사람들도 축하해주었다. 이들 부부는 마을 사람들의 모범이었다.

어느 날 아침, 동이 트자 하늘이 발갛게 물들었다. 곧 태양이 하늘 한가운데로 올라오기 시작했다. 리우 춘은 낫을 등에 메고 밭으로 나갔다. 추웨이니앙도 일을 시작하기 위해 명주실을 준비해 베틀 앞에 앉았다. 그때 거센 바람이 불며 검은 구름이 몰려와 태양을 가렸고, 태양은 다시는 나타나지 않았다. 대지는 추위와 어둠에 뒤덮였다. 나뭇잎들은 더 이상 푸르지 않았고, 꽃들은 빛나는 색깔을 잃었으며 밀도 더 이상 자라지 않았다. 음산하고 사악한 기운만이 사방에 흘러나와 대지에 악을 퍼뜨렸다.

사람들은 이런 곳에서 어떻게 살지 걱정스러웠다. 도대체 태양은 어디로 사라진 걸까? 사피르 산 밑에는 백여든 살 된 노인이 살고 있었다. 마을 사람들은 그가 알지도 모른다고 생각하며 노인에게 달려갔다.

"동쪽 바닷속에 원령들과 악귀들을 다스리는 마왕이 사는데 그는 태양을 두려워하지. 그가 분명 태양을 훔쳐갔을 거야."

노인의 말을 들은 리우 춘은 마을 사람들과 함께 비탄에 잠겼다. 어두운 암흑 속에서 영영 살아야 하나? 칠흑 속을 더듬어 가족과 친구들이 기다리는 마을로 돌아왔다. 어딜 가나 한소리였다.

"아, 리우 춘. 태양 없이 어찌 살겠나? 이러다가는 우리 모두 얼어 죽을걸세. 다 굶어 죽고 말걸세."

집에 돌아온 리우 춘은 아내에게 말했다.

"여보, 다들 태양만 기다리고 있소. 이렇게 가만히 있으면 우리 모두 죽게 될 거요. 내가 태양을 찾아 나서야겠소."

아내는 남편의 뜻을 충분히 이해했다.

"그렇게 하세요. 당신을 붙잡지 않을게요. 우리는 걱정하지 말아요. 당신이 그 일을 해내면 우리는 다시 행복해질 테니까요."

그날 저녁 추웨이니앙은 자신의 머리카락을 잘랐다. 그리고 대마실과 함께 엮어 행장에 꾸릴 짚신 한 켤레를 지었다. 또 안에 털을 두둑이 댄 두꺼운 외투도 한 벌 마련했다.

문까지 남편을 배웅했다. 한 줄기 가느다란 황금빛이 어둠 속에 내려왔다. 하늘에서 내려온 황금 불사조가 리우 춘의 어깨 위에 앉았다. 리우 춘은 불사조를 쓰다듬으며 말했다.

"자, 태양을 찾아 떠나자!"

불사조는 주인의 명령에 출격 준비가 끝났다는 듯 눈을 번득거리며 울어댔다. 리우 춘은 아내의 손을 잡았다.

"가보겠소. 태양을 찾지 못하면 돌아오지 못할 수도 있소. 만일 가는 길에 죽게 되면 반짝이는 별이 되겠소. 그렇게 해서 내 뒤를 이어 태양을 찾아 떠나는 이의 길을 비춰주겠소."

추웨이니앙은 남편이 잘 가고 있는지 살피러 하루가 멀다 하고 어둠 속 산길을 더듬어서 사피르 산 꼭대기까지 올라갔다.

시간이 정처 없이 흘러 며칠이나 기다렸는지도 몰랐다. 세상은 아직도 어둠 속에 싸여 있고, 태양은 여전히 모습을 드러내지 않았다. 어느 날 저녁, 하늘에 떠 있는 밝은 별 하나가 눈에 띄었다. 조금 후 불사조가 고개를 숙인 채 추웨이니앙의 발 옆에 내려앉았다. 불사조를 본 순간 가슴이 철렁 내려앉아 정신을 잃었다. 리우춘이 도중에 목숨을 잃은 것이다.

추웨이니앙은 정신을 차렸다. 배 속의 아기가 세상에 나오기로 결심한 것도 이때다. 바람이 딱 세 번 불었는데 아기가 다 커버렸다. 처음에는 미풍이었다. 그러자 말을 하게 되었다. 두 번째는 광풍이었다. 그러자 걷게 되었다. 마지막은 회오리가 몰아쳤다. 그러자 키 크고 힘센 총각이 되어 있었다.

추웨이니앙은 아들을 보면 그나마 위로가 되었다. 아들의 이름을 파오추라 짓고 집으로 데려왔다. 아들을 바라보노라니 남편 생각이 나서 눈물을 주체할 수 없었다. 파오추가 물었다.

"어머니, 왜 우세요?"

추웨이니앙은 소맷부리로 눈물을 닦으며 아버지가 어떻게 돌아가셨는지 이야기해주었다. 파오추는 이야기를 듣자마자 어머니에게 졸랐다.

"어머니, 저도 태양을 찾으러 가겠어요. 허락해주세요."

추웨이니앙은 아들을 부둥켜안았다. 아들도 자기를 떠날 생각을 하니 가슴이 미어졌다. 하지만 태양 때문에 모두가 겪고 있는 불행과 고통을 떠올리지 않을 수 없어 고개를 끄덕이며 허락했다. 다시 머리카락을 잘랐다. 대마실과 함께 엮어 행장으로 짚신 한 켤레를 지었다. 또 안에 털을 두둑이 댄 두꺼운 외투도 마련했다.

파오추가 문턱을 넘으려는데, 황금 불사조가 번쩍번쩍 빛을 내며 또 그의 어깨 위에 내려앉았다. 추웨이니앙은 고개를 들어 하늘을 바라보았다. 하늘의 반짝이는 맑은 별을 보며 말했다.

"애야, 저 별은 아버지의 환생이다. 저 별이 일러주는 길을 따라가거라."

이어 불사조를 가리키며 말했다.

"이 불사조는 아버지를 수행했던 신묘한 새이니라. 이번에도 너를 수행할 것이다."

파오추는 고개를 끄덕이며 어머니에게 말했다.

"어머니, 반드시 태양을 찾아 오겠어요. 행여 제가 너무 늦게 돌아오더라도 제 걱정은 절대 하지 마세요. 어머니가 눈물을 한 방울이라도 흘리시면 저 역시 눈물을 흘리느라 길을 갈 수 없을 거예요."

작별 인사는 아직 멀었다. 파오추가 태양을 찾아 떠난다는 소식을 듣고

마을 사람들이 다 모여든 것이다. 누구는 옷을 가져왔고, 누구는 가면서 먹으라며 육포를 가져왔다. 떠나는 길까지 한참을 배웅했다.

파오추는 불사조와 단둘이 밤길을 걸었다. 어둠도 추위도 아랑곳하지 않고 별이 알려주는 길을 따라 동쪽을 향해 걷고 또 걸었다. 산을 넘고 협곡을 건넜다. 깎아지른 열여덟 절벽을 타기도 하고, 열아홉 낭떠러지를 간신히 내려오기도 했다. 외투는 누더기가 되었고 가시덤불에 찔려 손이고 발이고 피가 났으며, 날은 더욱 추워졌다.

파오추는 어느 산골 마을에 도착했다. 마을 사람들은 멀리서 온 나그네를 보자 다급히 물었다.

"아이고, 총각, 어떻게 여기까지 오셨소?"

"태양을 찾아 나섰어요."

마을 사람들은 누군가가 태양을 찾아다 주길 고대하고 고대하던 터였다. 마음이 급해 이런저런 조언을 하고 항상 몸조심할 것을 당부했다. 파오추의 외투는 구멍 투성이였다. 바람과 추위를 피할 수 없을 것 같았다. 마을 사람들은 자기들 옷을 잘라서 잇고 기워 '백가百家' 외투를 만들었다. 이 외투를 입으니 사람들의 마음까지 전해져 더욱 따뜻하게 느껴졌다. 추위도 어둠도 두렵지 않았다. 마을 사람들에게 인사를 하고 다시 길을 떠났다.

길다운 길을 걷기도 하고, 길 아닌 험한 곳을 걷기도 하며 쉬지 않고 계속 나아갔다. 헤엄을 쳐 강 하나를 건너니, 또 다른 강을 만났다. 작은 못 하나를 지나니, 또 다른 못이 나왔다.

어느 날인가는 강 건너편이 시야에 잡히지도 않는 정말 거대한 강 하나를 만났다. 독수리조차 그런 급물살이 흐르는 강 위는 날지 않았다. 물살이 격렬하게 소용돌이쳤고, 집채만 한 파도가 바위를 마구 쳐댔다. 용감한 파오추는 망설이지 않았다. 이를 악물고 얼음처럼 차가운 강물 속을

뛰어들어 죽을힘을 다해 강 건너편으로 헤엄쳐 갔다. 격렬한 물살이 머리에서 발끝까지 뭇매를 때렸다. 소용돌이가 사방팔방에서 휘감아돌았다. 파오추는 헤엄을 치고 또 헤엄을 쳤다. 맞은편 강기슭이 거의 보일 무렵 우박이 섞인 돌풍이 몰아쳤고 물은 점점 얼어갔다. 파오추와 불사조는 거대한 빙벽 속에 갇혔다.

파오추는 얼음이 뚫고 들어갈 수 없는 백가 외투를 입고 있었으나 불사조는 얼어 죽어가고 있었다. 파오추는 불사조를 꼭 껴안고 온 힘을 다해 주먹으로 빙벽을 쳤다. 빙벽은 서서히 부서져갔다. 빙벽 밖으로 나와 가장 가까이에 있는 얼음 조각 위로 올라간 다음, 다른 얼음 조각 위로 건너 뛰었다. 그렇게 얼음 조각을 징검다리 삼아 겨우 기슭에 닿았다. 그 사이 불사조의 몸은 녹았고, 파오추의 품에서 기적처럼 되살아났다.

얼마 후, 또 다른 마을에 들어섰다. 역시나 마을 사람들이 몰려들었고, 그가 태양을 찾아 나선 길이라는 것을 알고는 기꺼워했다. 파오추와 불사조가 고생한 이야기를 듣더니 혀를 내두르며 용기가 대단하다고 칭찬했다. 그런데 백발이 성성한 노인 하나는 표정이 어두웠다.

"태양이 사라진 후 우리는 비참과 가난 속에 살고 있소. 자네에게 변변히 줄 것조차 없소이다. 대신 우리 조상들의 땀이 묻은 흙을 주겠소. 틀림없이 유용한 데가 있을 것이오."

노인은 천 가방 하나를 들고 왔다. 마을 사람들은 거기에 각자 한 줌씩 흙을 넣었다. 가방이 가득 차자 파오추에게 건넸다. 파오추는 가방을 메고 다시 별을 따라 동쪽을 향해 걸었다. 아흔아홉 개의 높은 산을 올랐고, 아흔아홉 개의 강을 건넜다. 그러다 십자로를 만났다. 어디로 갈지 고민하며 두리번거리는데, 한 노파가 나타났.

"애야, 어딜 가느냐?"

"태양을 찾으러 갑니다!"

"그 길은 멀고도 멀다. 그냥 집으로 돌아가라."

"아무리 멀고 험해도 상관없습니다. 전 반드시 가야 합니다."

노파는 고개를 끄덕이더니 오른쪽 길을 가리키며 말했다.

"그럼 이쪽으로 가라. 이 길이 태양을 향한 길이다. 그러나 마음의 준비를 단단히 해라. 더 많은 시련을 만나야 한다. 다행히 그 전에 쉬어 갈 만한 마을이 하나 나타날 것이다."

파오추가 노파에게 고맙다고 인사하려는데, 갑자기 불사조가 날개를 파닥거리며 노파에게 달려들었다. 얼굴을 발톱으로 할퀴고, 눈을 부리로 팠다. 깜짝 놀란 파오추는 불사조가 낯선 사람을 좋아하지 않나보다 생

각했다. 팔을 휘휘 저어 불사조를 쫓아냈다. 그러고는 노파가 알려준 길로 갔다.

몇 걸음 가고 있는데 쫓아낸 불사조가 다시 날아와서는 앞길을 가로막았다. 그래서 또 쫓아내면서 이번에는 훨씬 더 단호하게 발을 내딛었다.

가면 갈수록 길이 평탄하고 걷기도 편했다. 바람도 불지 않았고, 바위 많은 언덕도, 가시덤불도 없었다. 이상했다. 그러나 더 깊이 생각해볼 것도 없이 이미 노파가 말한 마을에 들어와 있었다. 마을의 빼어난 경관에 적잖이 놀랐다. 집들이 굉장히 크고 드높았다. 사내들은 호위호식 하는 부

자들처럼 보였고, 여인들은 화려하고 우아했다.

이 마을 사람들도 역시나 그가 태양을 찾아 나선 길이라는 것을 알게 되었다. 다들 그의 주변에 몰려들어 웃고 덩실덩실 춤을 추었다. 엄지를 들어 올리며 대단한 영웅이라고 치켜세웠다. 누구는 술을, 누구는 안주를 가져왔다. 여자들이건 사내들이건 서로 그를 두고 다투었고, 서로 먼저 초대하겠다고 야단이었다.

파오추는 이상한 생각이 들었다.

'내가 여태 본 마을들은 폐허에, 가난에 떨고 있는데, 이곳 사람들은 어떻게 된 거지?'

술잔 앞에서 멍하니 생각을 하고 있을 때 불사조가 날아오더니 이 마을 어디서 주워 왔는지 짚신 한 짝을 그의 술잔에 떨어뜨렸다. 파오추는 놀라 짚신을 자세히 쳐다보았다. 자신이 신은 것과 똑같았다. 머리칼과 대마 줄기를 합해 짠 것이었다. 아버지가 신었던 짚신이라는 생각이 퍼뜩 스쳤다.

아, 속은 것이다! 파오추는 당장 술잔을 땅바닥에 확 버렸다. 그리고 주인을 호통치듯 불렀다. 그러자 마을이 순식간에 사라졌다. 사람들도 흔적 하나 없이 싹 사라졌다. 초록색 눈깔을 한 악귀들만 혼비백산 달아나

고 있었다. 하지만 악귀들한테 당하지 않은 게 천만다행
이었다. 파오추는 다시 기운을 내 십자로로 갔다. 이번
에는 왼쪽 길을 택했다.

악귀들은 쉽게 포기하지 않고 계속해서 그의 길을 방해
했다. 건너갈 수 없는 산으로 둔갑해 길을 막기도 했고
소용돌이치는 강물로 변하기도 했다. 그러나 이미 경험
이 있는 파오추는 한 발 한 발 헤쳐나갔다. 악귀들은 파
오추를 놀라 죽게 만들 작정으로 환영의 마을을 또 나타
나게 했지만 속지 않았다.

약이 오른 원령들과 악귀들은 벌떼처럼 격렬한 돌풍을
일으켜 이번에는 사피르 산으로 돌진했다. 추웨이니앙
이 파오추가 죽었다고 믿게 만들려 했다. 벼랑에서 떨어
져 죽었다고도 했다. 불어난 강물에 익사했다고도 했다.
어떻게 해서든 추웨이니앙을 울게 만들려 했다. 어머니
가 울면 그 아들인 파오추도 반드시 울 것이고, 그러면
기운도 의지도 꺾일 것이었다. 그러나 추웨이니앙은 악
귀의 소리에 귀를 막았다.

추웨이니앙은 아들이 떠난 후 여러 날이 지났지만 한 번도 희망을 꺾지 않았다. 악귀들의 유혹에도 불구하고 매일같이 동쪽을 바라보았다. 산에 오를 때마다 큰 돌을 하나씩 가지고 갔다. 돌을 바닥에 놓고 그 위에 올라서면 조금이라도 더 멀리까지 보여서였다.

얼마나 오래전부터 그렇게 했는지 몰랐다. 몇 달이 흘렀는지 몇 년이 흘렀는지 몰랐다. 하도 밟아 어느새 발밑의 돌은 판판해져 있었다. 오매불망 망루처럼 서 있었다. 하늘은 여전히 칠흑처럼 어두웠다. 다가오는 빛의 기운이 하나도 없었지만 파오추가 계속 잘 가고 있기를 바랄 뿐이었다. 아들이 몇 개의 높은 산을 넘었는지, 몇 개의 큰 강을 건넜는지 몰랐다.

구름 가운데에 치솟아 올라 있는 어느 산 위에 올랐을 때, 파오추는 순간 어디서 파도 소리를 들은 것 같았다. 동쪽 바다에 드디어 온 것인가? 급히 산을 타고 내려갔다. 한달음에 바닷가 기슭에 와 있었다. 눈앞에 망망대해가 펼쳐졌다!

"바다가 이렇게 넓으니 태양이 이곳 어딘가에 숨어 있지 않을까? 한데 어찌 찾아가지?"

바닷가 기슭에서 파오추는 수심에 가득 차 망망한 바다를 바라보았다.

그때 갑자기 마을 사람들이 준 흙이 생각났다. 얼른 가방을 열어 바닷물에 흙을 부었다. 격렬한 바람이 불면서 흙들이 이리저리 뭉치더니 크고 작은 섬으로 변하며 흩어졌다. 너무 신기했다. 기분이 좋아 파오추는 바닷물 속으로 뛰어들었다. 섬 사이를 헤엄쳐 바다 한가운데까지 나아가 바닷속 깊이 잠수했다. 여기저기를 뒤지다 바닷속 거대한 암굴 하나를 발견했다. 바로 마왕이 태양을 숨겨 놓은 곳이었다. 암굴의 입구까지는 찾아냈다 하나, 그다음은 어떻게 될지 몰랐다. 사실, 마왕은 완전 무장을 한 원령들과 정령들을 소집해 그가 오기만을 기다리고 있었다.

그런데 파오추는 움츠러들기는커녕 마왕의 부대와 용감히 맞붙었다. 때로는 바다 위에서 때로는 바다 밑에서 엉겨 싸웠다. 이들의 육탄전으로 격렬한 파도가 일었고 바다 위까지 물길이 치솟았다. 마왕은 비틀거렸다. 이때를 틈타 황금 불사조가 마왕의 눈을 부리로 쪼았다. 마왕은 신음하며 손으로 얼굴을 덮었다. 이 기회를 놓치지 않고, 불사조는 다시 한 번

부리로 다른 눈을 팠다. 마왕은 처절한 신음 소리를 내며 쓰러졌고, 하필 쓰러지면서 머리를 바위에 찧어 즉사했다. 대장의 죽음을 알게 된 악귀들은 향로의 연기처럼 사라졌다. 파오추는 숨을 가다듬고 마지막 죽을힘을 다해 마왕이 동굴 입구에 막아놓은 돌들을 다 들어내고 드디어 태양을 찾아냈다.

지친 팔로 태양을 끌어안은 채 헤엄치고 또 헤엄쳤다. 그러나 기운이 너무 빠져 태양을 들고 헤엄치기가 힘들었다. 이를 본 황금 불사조는 태양을 제 등 위에 올렸다. 그리고 힘찬 날갯짓으로 태양을 바다 위로 끌어올렸다. 드디어 태양은 거칠고 성난 바닷물을 벗어나 자유로운 천공으로 떠오르기 시작했다.

여느 때처럼 추웨이니앙은 사악한 악귀들과 원령들에 둘러싸인 채 사피르 산 꼭대기에 마을 사람들과 함께 있었다. 그때 갑자기 동쪽에서 붉은 기운이 감돌기 시작했고, 이어 수만 가닥의 황금색 빛줄기들이 올라오기 시작했다. 추웨이니앙과 마을 사람들의 머리 위에서는 신나는 노랫소리가 울려 퍼졌다. 이 기쁜 소식을 전하러 온 황금 불사조였다. 불사조는 날개를 활짝 펼치고 꺄룩꺄룩 산 위를 빙빙 돌았다.

"태양이 돌아왔어요!"

추웨이니앙은 기뻐 소리를 질렀다. 마을 사람들도 탄성을 질렀다. 온 나라가 기쁨으로 들썩였다. 악령과 악귀들만이 공포에 사로잡혔다. 태양 광선을 본 악귀들은 사방으로 도망쳤지만 멀리 가지 못했다. 태양 빛에 닿자마자 악귀들은 조약돌로, 돌멩이로, 바위로 변했다.

지금도 사피르 산 꼭대기에 가면 이 돌들이 남아 있다. 그 이후로 태양은 아침이면 어김없이 동쪽에서 떠올랐고, 저녁이면 어김없이 서쪽으로 드러누웠다. 사람들은 다시 햇살 아래서 몸이 따스하고 행복했다.

지금도 여전히 태양이 뜨기 전 동쪽에 맑은 별 하나가 반짝인다. 사람들은 그것을 샛별이라 불렀다. 사실 그것은 리우 춘이었다. 태양 아래 떠 있는 붉은빛 털구름들은 사실 황금 불사조의 날개이다. 이제 아무도 그 용감한 파오추를 보지 못하지만, 모두 그를 추억한다. 그의 용기를 기리기 위해 마을 사람들은 사피르 산 꼭대기에 웅장한 탑 하나를 세웠다. 예지자 불사조가 나타나는 곳도 바로 그곳이다. 또 옆에는 육각정을 세웠다. 그 이름은 '파오추 파고다'였다. '돌아온 불사조의 정자'라는 뜻이다. 추웨이니앙과 마을 사람들이 태양을 맞이하기 위해 올라섰던 돌단은 일출단이라 불렸다. 바로 거기 서서 힘차게 솟아오르는 태양을 맞이했던 것이다.

붉은 샘
한족 이야기

끝나지 않는 잔치라는 말이 있다. 그런데 끝나지 않는 사랑이라는 말은 들어보았는가? 끝나지 않는 사랑을 하는 부부가 있었다. 믿지 못하겠다면 지금부터 이 이야기를 들어보시기를.

옛날에 시둔이라는 총각이 있었다. 그가 어디 살았는지는 모른다. 아마 남쪽 지방 어디이거나, 북쪽 지방 어디일 것이다. 시둔은 부지런했고 능력도 좋았다.

어느 화사한 봄, 시둔은 유후라는 처녀와 혼인하였다. 신부는 또 어찌나 고운지! 살림도 잘하는 참한 아가씨였다. 진주와도 같고 비취와도 같은 소중한 사람이었다. 얼굴만 예쁜 것이 아니라 마음씨도 고왔다. 부부는 서로 너무나 사랑했다.

문제는, 아주 성질이 고약한 시어머니를 모시고 산다는 것이었다. 세상에 그런 시어머니는 본 적이 없을 정도였다. 반찬 투정이 장난이 아니었다. 며느리가 음식을 좀 짜게 하면 짜다고 뭐라 했고, 싱겁게 하면 싱겁다고 뭐라 했다. 뭘 해서 갖다 바쳐도 투정을 했다. 유후아가 뜨거운 밥을 내놓으면 자기를 태워 죽이려 한다며 소리를 질렀고, 좀 식혀서 내놓으면 찬밥은 싫다고 손사래를 쳤다. 너무 뜨겁지도 너무 차지도 않게 해서 내놓으면 뭐 하느라 밥을 이리 늦게 가져오느냐며 며느리의 뺨을 때렸다. 아무리 밥상을 잘 차려줘도, 아무리 정성껏 모셔도 죄다 타박을 놓았다. 절대 만족하는 법이 없고, 아무 이야기나 지어내 윽박지르고 때리는 이 까다로운 시어머니를 어떻게 모셔야 할지 유후아는 정말 알 수 없었다.

시둔은 마음이 아팠다. 욕을 먹고 얻어맞는 것

이 자기라도 되는 양 시둔은 아내의 고통을 마음 아파했다. 옛날에는 시어머니가 며느리를 때려도 아들은 아무 말 하지 못했다. 감히 끼어들 수도 없었다.

유후아는 날이 갈수록 야위어갔고 얼굴도 핼쑥해졌다. 어느 날 시둔이 집에 들어와보니 아내는 침상에 멍하니 앉아 있었다. 얼굴은 눈물로 뒤범벅이었다. 시둔은 한숨을 크게 내쉬었다. 아내가 시둔을 보더니 말했다.

"너무 힘들어요. 더는 못 참겠어요. 당신 때문에 여태까지 참아온 거예요. 하지만 더 이상은, 흑흑흑."

시둔은 마음이 아팠다. 뭔가 깊이 생각하더니 결심한 듯 말했다.

"여보, 도망칩시다. 이런 수모와 고통을 더 이상 당신에게 줄 수는 없소. 우리 다른 나라로 떠납시다!"

유후아의 얼굴이 환해졌다. 자정 무렵 두 사람은 거의 빈손으로 방을 나
왔다. 몰래 마구간으로 들어가, 삐쩍 마른 말 두 마리를 잡고는 조용히 뒷
문을 열었다. 각자 말에 올라타고는 서북쪽으로 달렸다.

옛날에 이런 속담이 있다.

'우수한 말은 별똥별처럼 빨리 달린다.'

두 말은 비록 삐쩍 말랐지만 절대 우습게 여기면 안 되는 말이었다. 두 말
은 비상한 속도로 달렸다.

여러 마을을 지났다. 몇 마을이나 지나왔는지, 그들이 지금 어디쯤 왔는
지도 몰랐다. 오로지 달리고 달렸다. 시둔이 말들에게 말했다.

"큰길로는 달리지 마라. 산길로 달리는 것이 좋겠다."

말들은 이 말을 알아들었는지 비탈진 언덕길로 방향을 틀더니 높은 산길
을 탔다. 말굽 밑에서 자갈돌 부딪히는 소리가 들렸다.

하루가 지나니 벌써 인적이 뜸한 산속에 들어와 있었다.

때는 봄이었다. 수풀은 푸르렀고, 나무에 꽃들은 만발했다. 황새들은 창
공을 무리지어 날았고, 방울새들은 이파리 뒤에 숨어 조잘거렸다. 유후
아가 한숨을 크게 내쉬더니 말했다.

"새들도 둥지가 있는데 우리는 없네요?"

시둔이 쓸쓸히 웃었다.

"밤을 날 곳을 좀 찾아보겠소. 무성한 나뭇가지로 천장
을 삼는다면 그나마 우리 둥지가 되어주지 않겠소?"

남편의 말에 유후아는 잠시 슬픔을 잊었다. 안개 자욱한 골짜기를 지났고, 가파르고 험한 바위와 절벽을 기어올랐다.

유후아가 말했다.

"당신만 옆에 있으면 난 바랄 것도 없어요."

오르막길이 있으면 내리막길이 있었다. 어느덧 날이 밝아왔고, 둘은 거의 산 밑에 이르렀다. 그런데 갑자기 말들이 옹달샘 옆에 멈추었다. 샘물은 작약처럼 붉어 보였고 하늘의 달처럼 은은히 빛났다. 샘 주변에는 온갖 꽃들이 붉게 피어 있었다. 이상한 향기도 났다. 향이 샘에서 나는지 꽃에서 나는지 모를 일이었다.

"우리 너무 피곤하니 여기서 잠시 쉬어 가요. 말들도 지쳤을 테고."

유후아가 시둔에게 말했다. 시둔은 그러자고 했다. 둘은 말에서 내렸고, 두 말은 샘 주변을 어슬렁거리며 풀을 뜯었다. 시둔과 유후아는 옹달샘 옆으로 갔다. 붉은 물은 수정처럼 맑고 투명했다. 목이 너무 말랐던 유후아는

몸을 숙이고 손바닥으로 물을 한 줌 움켜 한 입
에 들이마셨다. 물맛이 꿀맛보다 달았다. 온몸
이 알싸해지는 것도 같았다. 유후아는 고개를
들었다. 그런 유후아를 바라보던 시둔은 황홀
해졌다. 아내는 복사꽃보다 화사했다.

그때 말들이 힝힝거렸다. 무슨 일인가 싶어 고
개를 돌려 말들을 보니, 세상에! 칙칙한 갈색
털들은 금싸라기처럼 반짝반짝 빛났고, 살은
토실토실 올라 있었다. 유후아와 시둔은 영문
을 알 수 없어 괜히 오싹했다. 두 사람은 황급히
말에 다시 올라타고 얼른 그곳을 빠져나왔다.

말들은 예전보다 확실히 더 빨리 달렸다. 산길
이 평지라도 되는 양 가볍게 달렸다. 수십 폭은
될 큰 강을 한 번에 건너뛰었다. 낮이고 밤이고
하염없이 달렸다. 얼마나 왔는지 보려고 몸을
돌리니 아까 그 산이 저 지평선 끝에 보일 듯
말 듯 붙어 있었다.

땅거미가 질 무렵 드디어 마을이 나타났다. 마을 입구에 세 칸짜리 작은 초가 하나가 있었다. 쪽방 하나에서는 여린 호롱불 빛이 새어 나왔다. 말에서 내린 두 사람은 사립짝문을 흔들어 인기척을 내었고, 잠시 후 한 노파가 나왔다. 노파는 두 사람의 얼굴을 빤히 보더니 물었다.

"누구시오? 어디서들 왔소? 이곳 사람은 아닌 듯한데."

"멀리서 왔어요. 날이 어두워 묵을 곳을 찾고 있어요. 혹시 하룻밤만 재워주실 수 있으세요?"

유후아는 애처롭게 물었고, 노파의 얼굴은 금세 환해졌다.

"아무렴 되고말고. 나야 혼자 사는 늙은이니 덜 외롭고 좋지. 난 동쪽 방에서 자고 당신네들은 서쪽 방에서 주무시오."

기쁜 두 사람은 할머니를 따라 방으로 들어갔다. 정말 마음씨 좋은 할머니였다. 시장하겠다며 저녁까지 차려주었다.

고향을 떠나 부모, 친척도 없이 의지할 데 없는 도망자 신세가 되었으니 할머니의 친절에 눈물이 났다. 그런 할머니가 어머니 같기도 하였다. 물론 그 못된 시어머니는 아니었다. 사실 자기들이 이렇게 된 게 다 그 못된 시어머니 때문이 아닌가.

두 사람은 할머니에게 붉은 샘에서 그들이 본 것과 유후아가 마신 샘물 이야기를 해주었다. 한데 갑자기 할머니 얼굴이 어두워졌다.

"에고, 두 사람이 오래 같이 살아야 할 텐데."

갑자기 웬 말인가 싶어 유후아와 시둔은 동그란 눈으로 서로를 쳐다보았다. 할머니가 하는 말이 무슨 말인지는 몰랐지만 어쩐지 불길해 물어보려는데, 할머니가 먼저 말을 꺼냈다.

"붉은 샘은 붉은 산이랑 하나로 이어져 있어. 그러니까, 산 위에 큰 단풍나무가 있는데, 붉은 샘이 바로 그 나무뿌리에서 나오는 거야. 해마다 단풍나무 이파리가 시뻘겋게 물들면 그 나무는 붉은 악귀로 변해. 눈을 번득거리면서 바위고 산이고 다 꿰뚫어 보지. 그 눈깔로는 뭐든 다 봐. 붉은 산 꼭대기에 서서 그 붉은 샘물을 마시는 여인들을 내려다보는 게지. 그

리고 그중에 제일 예쁜 여자를 골라 납치해가지고 글쎄 자기 부인으로 삼는다는군. 눈이 내리기 시작하면 악귀는 다시 단풍나무가 되고. 그 아내도 따라 단풍나무가 돼! 그러니 이를 어쩌나. 자네 부부한테도 그런 일이 생기면 어떡하나, 아이고, 아이고."

할머니는 이내 울먹였다. 유후아는 놀라고 무서워 가슴이 뛰었지만, 자기보다 더 놀라 울먹이는 할머니를 위로해야 했다.

"악귀는 저를 못 데려갈 거예요. 너무 걱정 마세요."

시둔도 덧붙였다.

"그 악귀가 아무리 무섭고 강하다 한들 저희를 절대 떼어놓을 수는 없을 겁니다."

할머니는 눈물을 훔치며 말했다.

"마음씨 착한 분들 같소. 난 남편이 죽고 나서 여태 이러고 혼자 살고 있소. 혹 괜찮다면 어디 가지 말고 나랑 함께 살면 안 되겠소? 초면이나 우리가 식구처럼 오순도순 살면 안 되겠소?"

이리하여 시둔과 유후아는 할머니와 함께 살게 되었다. 할머니는 힘들게 옷 짓고 추수하는 일을 이제 혼자 하지 않아도 되었다. 시둔은 할머니가 고생스러운 일을 하게 절대 내버려두지 않았으며 혼자서 척척 다 해냈

다. 유후아는 부엌에서 밥을 짓고 찬을 만들었다.

여러 날들이 지났다. 밀은 벌써 수확을 마쳤고, 벼는 황금빛으로 변했으며, 포도는 무르익었고, 나뭇잎들은 붉게 물들기 시작했다. 할머니는 신경이 더 쇠약해져 잘 자지도 먹지도 못했다. 아무 탈 없이 가을이 지나가기를 조마조마하게 기다렸다. 낮에는 매일같이 해를 보고, 밤에는 별을 보았다. 날이 참으로 더디게 가는 것 같았다.

하루는 시둔과 유후아가 밭에서 일하고 돌아와 잠시 꼴을 주러 마구간에 들어간 사이, 할머니가 무심히 마당으로 나왔다. 그때 갑자기 크고 붉은 단풍나무 이파리 하나가 하늘에서 빙빙 돌며 내려왔다. 이파리들이 점점 많아지더니 내려오는 속도가 빨라지며 소용돌이쳤다. 소용돌이 한가운데서 붉은 얼굴에 붉은 눈, 붉은 머리에 땅바닥까지 내려오는 긴 소맷자락의 붉은 옷을 입은 악귀가 나타났다. 그 긴 소매를 한 번 터니 붉은 이파리들이 우수수 떨어지면서 꽃가마로 변했다. 할머니는 비명을 지르며 땅에 풀썩 주저앉았다.

그 소리에 마구간에 있던 시둔과 유후아가 급히 마당으로 뛰어나왔다. 유후아를 본 악귀는 웃음을 터뜨리며 긴 소맷자락으로 유후아를 덥석 안아 꽃가

마에 앉혔다. 또 한 번 소맷자락으로 꽃가마를 툭 치자 꽃
가마는 땅 위로 붕 떠올랐다. 놀란 시둔이 어떻게 해볼 새
도 없이 꽃가마는 이미 눈에서 보이지 않았고, 저 멀리서
소름 돋는 악귀의 웃음소리만 들릴 뿐이었다.

"붉은 샘의 물을 마셨으니 이 여자는 이제 내 여자다!"

할머니는 통곡했다. 시둔은 가슴이 찢어지는 것 같았지만 눈물
한 방울 흘리지 않았다. 오히려 이를 악다물었다. 할머니를 부축해 일으
키며 말했다.

"어머니, 제가 가야 해요. 무슨 수를 써서라도 유후아를 되찾아야 해요."

할머니는 울음을 멈추지 않은 채 온몸을 부르르 떨었다.

"다 소용없어. 그 악귀는 이미 숱한 처녀를 잡아갔다. 몇 명이나 되는지
몰라. 돌아온 처녀는 한 명도 없었다. 가봤자 너만 죽는다."

시둔은 아무 말 하지 않았다. 할머니를 부축해 방에 들여보내고 말했다.

"지금 떠나겠습니다. 걱정 마세요."

시둔이 이미 결심한 것을 알고 할머니는 단도를 주며 말했다.

"빈손으로는 가지 마라. 이거라도 가지고 가라."

시둔은 그 칼을 얼른 허리춤에 차고는 말을 찾아 곧장 달렸다. 마음이 급

해서 말이 빨리 달리는데도 빨리 달리는 것 같지가 않았다.

"이랴, 이랴! 자, 저기! 한 번에 통과다!"

말은 솟구쳐 한 번에 계곡을 뛰어넘었다.

"이랴, 이랴! 자, 저 산도!"

말은 한달음에 산을 날았다. 시둔은 벌써 산속 깊이 들어와 있었다. 나무가 울창했고 그때 그 붉은 샘이 있었던 곳과 비슷한 터도 있었다. 하지만 여기저기를 샅샅이 훑어보아도 붉은 샘은 없었다. 시둔은 분하고 원통해 눈가에 눈물이 맺혔다. 멍하니 높은 산을 쳐다보았다. 산이라도 제발, 그 악귀가 유후아를 데려간 곳을 알려주었으면 싶었다. 다시 산 하나를 탔다. 도대체 어디로 데려간 걸까? 속이 타 구슬피 하늘을 바라보았다.

"어딨어? 찾고 말 거야. 이 산을 다 뒤져서라도 찾는다! 자, 이제 제일 높은 산으로 가자."

말은 또 달렸다. 계곡을 건너고 고원을 타고, 협곡을 빠져나오고 수천 폭은 되는 깊은 강을 건넜다. 위험한 데를 만나도 시둔은 망설이지 않았다. 산을 타고 또 탔다. 그래도 또 산이 나왔다. 제일 높은 산까지 왔다고 생각하면 앞에 또 산이 있었다.

한편, 붉은 단풍 악귀는 유후아를 가장 높은 산의 동굴 속에 숨겨 놓고 있

었다. 그 동굴은 범상한 동굴이 아니었다. 무
슨 귀족의 처소처럼 그럴싸하게 꾸며져 있었
다. 벽에는 산수화며 서예 족자가 걸려 있었
다. 침상에는 비단 요가 깔려 있었고, 고운 자
수 이불이 덮여 있었다. 고상한 선비 차림으
로 변신한 악귀는 싸늘한 웃음을 흘리며 유후
아에게 말했다.

"당신이 내 붉은 샘물을 마셨으니 내 여자가
되어야 하오. 당신 남편은 그만 그리워하시
오. 다 허사요. 그가 머리가 셋 달리고 팔이 여
섯 달린들 여기까지는 절대 못 올 거요."

유후아는 온몸을 덜덜 떨었다. 무서워서가 아

니라 분에 못 이겨서였다. 동굴에 그리 갇혀 있으니 바람 소리 하나, 새소리 하나 들리지 않았다. 하지만 유후아의 마음 깊은 곳에서는 시둔이 자기를 찾아 이 높은 산까지도 올 것이라 믿고 있었다. 유후아는 고개를 홱 돌리며 말했다.

"당신 샘물인지는 모르고 마셨어요! 절대 당신 아내는 되지 않겠어요."

악귀는 징그럽게 웃으며 말했다.

"남편이 그리 보고 싶으신가? 허허허. 내 집까지 네 남편이 오기만 하면 그야 뭐 보내주지. 그럴 리는 없겠지만."

그러고는 다시 음흉하게 웃었다. 밖을 살피느라 악귀는 잠시 고개를 돌렸다. 불 같은 눈으로 산이고 계곡이고 싹싹 훑었다. 앗, 그런데 뭔가가 보였다. 말을 타고 이쪽으로 달려오는 놈이 하나 있었다. 시둔이었다. 악귀는 얼른 꽃 자수가 놓인 각대를 풀어 공중에 대고 휙휙 쳤다. 각대는 바로 호랑이로 변했다. 호랑이는 포효하며 동굴 밖으로 뛰쳐나갔다. 꼬리를 꼿꼿이 세우고 출격 자세를 취했다. 시둔과 그가 탄 말은 아직 남은 다섯 개의 산을 달리는 중이었다. 시둔은 멀리서 붉은 호롱불 같은 게 달려오는 것을 보았다. 자세히 보니 호랑이 눈동자였다.

시둔은 말을 멈추지 않았다. 고삐를 바투 쥐었다. 그것도 잠시, 호랑이 입

이 쩍 벌어지더니 시둔과 말을 통째로 집어삼켰다. 호랑이 배 속은 뜨거
웠다. 끓는 솥단지 안에 들어온 기분이었다. 고통을 참으며 이를 악물고
시둔은 단도로 호랑이 입을 찢어 겨우 그 아가리를 벌렸다. 그러고는 말
과 함께 밖으로 빠져나왔다. 한데 나온 자리에 호랑이는 온데간데없고
이상한 자수 허리띠 하나가 덩그러니 떨어져 있었다.

다시 말을 타고 두 개의 산을 넘었다. 이제 산 하나만을 눈앞에 두었다.

한편 붉은 악귀는 유후아 앞에서 자기 힘을 자랑하고 있었다. 각대가 변
한 호랑이긴 하지만 이미 시둔을 다 집어삼키고도 남았을 것이라고 장담
했다. 유후아는 울기만 할 뿐 그의 말을 듣지 않았다. 악귀는 유후아를 껴
안으려 했다. 그런데 밖에서 무슨 소리가 들렸다. 얼른 나가 보니 시둔이

오고 있었다.

'아니, 저놈이!'

악귀는 얼이 빠졌다. 얼른 정신을 차리고 벽에서 산수화를 뜯어내 긴 소맷부리를 공중에서 한 번 휙 쳤다. 그러자 그림 속에 있던 험준한 절벽과 협곡이 그림 밖으로 뛰쳐나오더니 동굴 밖에서 진짜 산으로 변했다. 다 왔다고 생각했는데, 이상한 산이 또 나타나자 시둔은 기가 막혔다. 할 수 없었다. 도저히 올라갈 수 없을 것 같은 험준한 산이었지만 말을 멈추지 않고 달렸다.

미끄러워 아래로 굴러떨어졌지만, 다시 죽을힘을 다해 기어올랐다. 절벽 중간에 바위에 짓이겨진 얼굴들이 보였다. 팔다리가 처참하게 으깨져 있

었다. 시둔은 쓰디쓴 표정으로 일어나서 또 올라갔다. 몇 번이나 떨어지는 바람에 땀을 하도 흘려 옷이 다 흥건했다. 흐르는 땀이 눈 속으로 들어갔다. 얼굴에 비 내리듯 흐르는 땀을 손으로 연신 닦았다. 그래도 땀방울이 계속 흘러 땅바닥에 떨어졌고, 험한 절벽과 산 그리고 미끄러운 경사를 적셨다. 그러자 누군가가 무슨 마술 지팡이라도 휘두른 듯 갑자기 산과 절벽이 사라졌다. 아연실색해 주위를 휭 둘러보는데 소나무 한 그루만 덩그러니 서 있었다. 물인지 땀인지에 젖어 축 처진 채로, 나뭇가지에는 산수화 한 폭이 걸려 있었다.

시둔은 다시 말을 타고 달려 마침내 제일 높은 산에 도착했다. 산은 온통 붉었다. 악귀가 사는 붉은 산이 분명했다. 시둔은 말의 고삐를 더 단단히 쥐었다.

한편 동굴 안에서 악귀는 꿀 먹은 벙어리처럼

입을 다물고 가만히 앉아 있는 유후아 앞에서 자기 소맷부리를 연신 부치고 있었다. 그러자 유후아는 움직이지 않는 바위로 변해갔다. 이어 옆에 있는 자수 베개에도 똑같이 부채질을 하자 베개들은 유후아로 변했으며 악귀는 이미 사라지고 없었다.

그렇다면 시둔은 어디에 있을까? 시둔은 산 중턱에서 주변을 둘러보고 있었다. 바위들도 붉었고 단풍나무는 당연히 붉디붉었다. 앞으로 나아가니 동굴 입구가 보였다. 동굴 문에는 오색찬란한 보석들이 박혀 있었다. 말을 멈추었다. 이렇게 크고 화려한 문인 것을 보니 붉은 악귀의 소굴이 분명했다. 말에서 내려 무거운 문을 힘들게 밀었다. 세상에! 바로 그 앞에 세 명의 유후아가 서 있었다! 기가 막힌 시둔은 긴 한숨을 토하며 말했다.

"아, 당신을 찾기 위해 내가 얼마나 힘들게 여기까지 왔는데……. 제발 진짜 당신이라면 나한테 와요. 나한테 한마디만 해요."

유후아는 시둔이 말하는 것을 분명 들었고, 그에게 말을 건네고 싶었지만 혀가 돌처럼 굳어 아무 말도 나오지 않았다. 그한테 가고 싶었지만 다리가 꼼짝도 안 했다. 세상에 사랑하는 사람과의 이별만큼 고통스러운 일이 또 있을까? 이렇게 만나게 되었는데 만날 수 없다니. 유후아의 고통은 이루 말할 수 없었다. 눈물이 폭포처럼 쏟아졌다. 그때야 비로소 시둔은 누가 진짜 유후아인지 알아볼 수 있었다. 얼른 유후아를 품에 안고서 동굴을 빠져나왔다. 바위로 변한 유후아의 몸은 단단하고 무거웠다. 유후아를 말에 태우는 건 거의 불가능했다. 그때 어떤 생각이 떠오른 듯 시둔은 말에게 말했다.

"길 알지? 집으로 돌아가 있어라."

이 깊은 산중에 제대로 난 길은 없었다. 한 팔에 유후아를 안은 시둔은 돌길과 덤불 속을 어렵사리 걸었다. 사랑하는 아내가 나뭇가지에 긁히느니

제 한 몸 상처투성이가 되는 게 나았다. 가파른 경사를
내려오고 단풍나무 숲을 가로질렀다. 다리도 팔도 마비
된 듯 아팠다. 하지만 절대 유후아를 땅바닥에 내려놓고
싶지 않았다.

유후아는 울지 않았다. 하도 울어 더 이상 나올 눈물도 없었다. 유후아는
속으로 말했다.

'시둔, 제발 나를 땅에 내려놓아요. 나를 이렇게 안고 수천 고개를, 수천
강물을 건너는 건 당신에게 너무 버거워요. 이래서 어떻게 집까지 갈 수
있겠어요.'

유후아의 가슴은 답답했다. 애가 끓고 속이 탔다. 남편에게 하고 싶은 말
이 많았지만, 말이 되어 나오지 않았다. 아내가 괴로워하는 것을 너무도
잘 아는지라 시둔은 도리어 아내를 위로했다.

"당신이 정말 돌로 변했다 해도 난 절대 당신을 포기하지 않겠소!"

돌로 변한 유후아를 한 팔에 안고 시둔은 계속해서 걸었다. 붉은 단풍나
무 잎들이 떨어졌다. 붉은 악귀가 그들 앞에 나타난 것이었다. 시둔의 한
팔에는 유후아가, 또 다른 한 팔에는 단도가 들려 있었다. 도대체 어디에
서 그런 힘이 나오는지 알 수 없었다. 시둔이 악귀한테 돌진하려는 찰나

한 열 발짝쯤 떨어진 곳에 있던 악귀가 손을 들어 그를 멈추게 했다.

"잠깐, 젊은이. 내 심장은 돌보다도 단단하고 철보다 차갑네. 난 절대 감상적이지 않아. 어떤 누구한테도 마음이 약해지지 않지. 한데 오늘은 내가 좀 이상하군. 우직한 자네한테 졌어. 그런 자네한테서 어찌 아내를 빼앗겠나."

그러더니 두 눈에 눈물 두 줄기가 흘렀고, 이어 단풍나무로 변했다. 붉은 잎 위에서 이슬방울이 반짝거렸다. 시둔은 팔에 유후아를 안고 그 나무 밑을 지났다. 이때 나뭇가지가 슬쩍 흔들렸고, 이슬방울이 유후아 위로 떨어지자 돌로 변했던 몸과 혀는 다시 되돌아왔다. 이제 두 사람은 말에 함께 올라탔다. 산을 넘고 길을 건너 마침내 할머니가, 그들의 어머니가 기다리는 집으로 돌아왔다.

기적 같은 귀환이었다. 세 사람은 평온을 되찾았다. 부부는 어느 때보다 행복했다.

이 기이한 붉은 샘은 그 산에 가면 아직도 볼 수 있다. 여자들은 여전히 그 샘물을 마신다. 그 큰 단풍나무는 지금도 때가 되면 붉어지지만 더 이상 붉은 악귀로 변하지 않고 어떤 여자도 납치하지 않는다고 한다.

대추알 영웅
한족 이야기

 옛날 한 시골 마을에 어느 부부가 신세 한탄을 하고 있었다. 아이를 그렇게 갖고 싶었지만 몇 해째 소식이 없었다. 부부는 저녁마다 한숨을 내쉬었다.

"우리도 자식이 하나 있으면 얼마나 좋을까. 대추알만 해도 좋으니."

그러다 드디어 소원이 이루어져 몇 달 후 아내는 아기를 갖게 되었다. 그리고 아들을 낳았다.

세상에! 말이 씨가 된다고 했나. 아들은 정말 대추알보다 조금 클까 말까 했다. 어쨌거나 너무 기쁜 나머지 아들 이름을 대추알이라는 뜻의 자오 헤로 지었다. 해가 가도 아이가 자라지 않아 부부는 걱정이었다. 하루는 아버지가 아들에게 말했다.

"우리는 자식을 기다리고 기다렸다. 마침내 네가 태어났으니 여한이 없지. 한데 네가 이리 작으니 우리 노후가 어찌될지 걱정이구나."

어머니도 같은 생각이었다.

아들은 속이 상했다. 부모님이 걱정하는 것도 이해가 되었다. 그래서 이렇게 위로했다.

"아버지, 어머니. 심려 놓으십시오. 제가 비록 몸이 보잘것없지만 최선을 다해 최고의 아들이 되겠습니다."

이날부터 아들은 무엇이든 열심히 하기 시작했다. 몸은 작았지만 힘이 세고 솜씨가 좋았다. 수레 끄는 솜씨도 여간이 아니라서 나귀를 잘 몰았다. 게다가 나무도 어찌나 잘 베는지 다른 그 누구보다 많은 나뭇짐을 해왔다. 다람쥐처럼 나무도 잘 타 높은 나뭇가지까지 쉬이 올라갔다. 이웃집 어른들은 칭찬이 자자했다. 마을 사람들은 하나같이 자식들에게 자오헤를 본받으라 했다.

"부끄럽지도 않냐! 이 게을러터진 놈아! 자오헤 좀 봐! 너보다 백 배는 작은데, 일 잘하지, 영리하지!"

자오헤의 부모는 그런 아들을 둔 것이 점점 자랑스러웠다.

한편, 그해에 큰 가뭄이 들어 수확이 형편없었다. 하지만 관아의 관리들은 곡물 조세를 낮추어주지 않았다. 곡물 세금을 내지 않은 농민들을 색출해 그들의 소와 나귀를 끌고 갔다. 땅을 경작하는 수단인 가축들을 빼앗긴 농민들은 모여서 한탄을 했다. 이 소리를 들은 자오혜는 한마디 했다.

"울지 마세요. 제가 다 해결할게요."

이게 무슨 말인가, 사람들은 의아해했다.

"네가 어떻게! 너같이 작은 애가 어찌 그 무시무시한 나라님들한테 가서 우리 사정을 고한단 말이냐?"

자오혜는 당돌하게 대답했다.

"두고 보시라니까요!"

밤이 깊어 자오혜는 관아로 들어갔다. 풀쩍 벽을 뛰어넘어 관리들이 몰수해 온 가축들이 묶여 있는 뜰로 갔다. 보초들이 잠들기를 기다렸다가 가축들을 풀어주었다. 그러고는 한 나귀 귓속으로 들어갔다. 나귀를 움직이게 하기 위해 귓속에서 마구 소리를 질렀다. 깜짝 놀란 나귀는 요동을 쳤다. 나귀 소리에 잠을 깬 보초들은 화들짝 놀라, 영문을 모른 채 냅

다 소리를 질렀다.

"침입자다!"

보초들은 가축들이 묶여 있는 뜰을 조사했으나 특별히 이상한 것은 발견하지 못했다. 다시 잠이 겨우 들려고 하는데 또 소리가 들려왔다. 짜증이 났지만 다시 일어나 두 번째로 조사했다. 역시나 아무것도 없었다. 이불 속으로 기어 들어가 다시 단잠을 청하는데, 또 비명 소리가 났다. 보초들은 밀려오는 잠을 견딜 수 없었다. 대장이 말했다.

"그냥 자자. 아까도 봤잖아. 에이, 아무 일도 아냐. 내일 살피자."

이내 보초들은 깊은 잠에 빠졌다. 자오혜는 나귀 귀에서 나온 다음 뜰 문을 열고 가축들을 몰아서 마을로 갔다. 마을 사람들은 깜짝 놀랐지만 어쨌거나 기뻐했다.

이튿날 새벽, 대장은 그들의 공물인 가축들이 사라진 것을 알고는 화가 머리끝까지 났다. 부하들을 이끌고 선두에 서서 '이 도둑놈들'을 잡겠다며 마을을 부리나케 찾았다.

마을 사람들은 마을 입구에 모여, 또 무슨 벌을 받을까봐 전전긍긍했다. 그때 자오혜가 사람들 무리에서 나와 대장 앞에 섰다. 그러고는 당당히

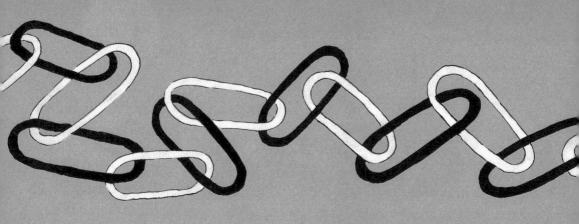

말했다.

"가축들을 빼온 게 접니다. 한데 무슨 일이신지요?"

파랗게 질린 대장은 부하들을 향해 몸을 돌리고는 소리쳤다.

"저놈을 잡아라! 저놈을 묶어라!"

병사들은 자오헤를 잡아 쇠사슬에 묶었다. 그런데 기가 막혔다. 자오헤 몸이 쇠사슬 구멍보다 더 작아 묶어봤자 도로 빠져나왔다. 대장은 다른 생각을 해냈다.

"보자기에 싸라. 그리고 당장 재판실로 데려와라."

대장은 신문할 것도 없이 책상을 탁탁 치며 판결을 내렸다.

"저자에게 태형을 가하라!"

자오헤는 요리조리 방방 뛰며 날아오는 매를 피했다. 점점 더 화가 난 대
장이 말했다.

"병사를 불러라."

바로 그때 자오헤는 대장의 수염 위로 폴싹 올라갔다. 긴 털을 잡고 그네
를 탔다. 대장은 신경질이 나서 고래고래 소리를 질렀다.

"제기랄! 이놈을 패줘라! 어서!"

병사들 중 제일 어수룩해 보이는 병사 하나가 대장의 명령을 받고 쭈뼛
쭈뼛 몽둥이를 들고 나섰으나, 대장 수염에 붙은 자오헤를 어찌 잡을지
난감했다. 그러고는 에라 모르겠다, 대장의 턱 한가운데를 쳐버렸다. 대
장은 아파서 펄펄 뛰었다. 이까지 다 깨져 피가 흥건했다. 대장은 엉엉 울

며 미친 듯이 날뛰었다. 놀란 병사들은 자오헤는 까마득히 잊고 대장한
테 달려왔다. 이 난리를 틈타 자오헤는 얼른 내뺐다.

얼굴이 죽사발이 된 대장은 다시 그 마을에 갈 생각 따위는 하지 않았다.
가축들은 그냥 알아서 하라 했다. 사람들은 그제야 마음 편히 농사를 지
었다.

구미야 정령
부랑족 이야기

아주 까마득한 옛날 옛적 하늘도, 땅도, 식물도, 인간도 없던 시절이 있었다. 몇몇 구름 조각만 바람에 실려 떠다녔다. 정령 구미야와 그 열두 자식들은 이것저것들을 창조하기로 하고, 필요한 재료들을 찾기 위해 이곳저곳을 뛰어다니기 시작했다.

그러던 어느 날 구미야는 구름과 안개를 동반하고 공기 중을 배회하던 코뿔소 정령을 만났다. 구미야는 단칼에 코뿔소를 죽였다. 그리고 그 가죽으로 하늘을 창조했다. 아롱다롱 미묘한 색 구름들로 하늘을 입혔다. 코뿔소 눈으로는 반짝거리는 별들을 만들었다. 코뿔소의 살, 뼈, 피, 털, 뇌를 가지고 대지를, 돌을, 물을, 식물을, 인간을, 새를, 동물을, 곤충을,

물고기를 창조했다. 공중에 걸린 하늘이 무너지지는 않을까, 땅이 뒤집히지는 않을까 걱정이 되어 구미야와 그 자식들은 코뿔소의 네 다리를 땅의 네 모서리에 세워 하늘을 지탱했다.

또 괴물 상어를 잡아 대지를 들고 있으라 했다. 그러나 상어는 그런 힘든 일은 하고 싶지 않아 도망치려 했다. 상어가 조금만 움직여도 대지가 들썩였다. 상어가 도망가지 못하게 구미야는 수탉을 보내 상어를 감시하게 했다. 임무에 충실한 수탉은 상어가 조금만 움직여도 상어의 눈을 콕콕 쪼았다. 하지만 천하의 수탉도 때때로 피로가 몰려와 잠시 졸았고, 그 틈을 타 상어는 요동을 쳤다. 땅이 그렇게 흔들릴 때마다 사람들은 수탉을 깨우려고 땅 위에 급히 씨앗을 뿌렸다.

비로소 하늘과 땅은 안정을 찾았다. 이상적인 세계였다. 하늘의 오색구름은 춤을 추고, 별들은 반짝이며, 새들은 유쾌하게 날아올랐다. 농부들은 땅 위에서 평화롭게 일했다. 벌들은 꽃들 사이를 날았고, 산비탈에선 순록들이 노닐고, 강물 속에선 물고기들이 펄쩍펄쩍 튀었다. 이 모든 것들을 바라보며 구미야와 그의 자식들은 환하게 웃었다.

이 아름다운 날들은 그렇게 오래가지 않았다. 태양의 아홉 자매와 달의 열 형제가 구미야와 그 자식들을 질시하여 대적하고 나섰다. 그들은 생명력 가득한 세상을 파괴하려 하였다. 모든 피조물을, 모든 생명체를 다 태워 없앨 작정으로 온 열량을 끌어모았다.

불행은 인간에게까지 미쳤다. 구름들은 색을 잃었고, 별들은 광채를 잃었으며, 땅은 물기를 잃었고, 꽃과 식물들은 향기를 잃었으며, 돌들은 녹았다. 사람들 말에 따르면 오늘날도 그 재앙의 흔적이 남아 있다고 한다.

그렇다면 동물들에게는 무슨 일이 일어났던 것일까? 게는 머리를 잃었고, 물고기는 혀를, 뱀은 다리를, 개구리는 꼬리를 잃었다고 한다. 그 이후 영영 그 상태가 되었다고 한다.

구미야는 이 문제를 타개할 작정으로 길을 떠났다. 날이 너무 뜨거워 밀랍으로 칠한 죽나무 삿갓을 썼는데 집을 나서자마자 밀랍이 녹으며 그 방울이 눈 안으로 떨어졌다. 눈이 쓰라렸다.

"내가 이 태양과 달을 이기지 못하면 세계의 창조자가 될 자격이 없어."

구미야는 이렇게 다짐하며 준비물을 마련했다. 숲에서 나무를 잘라 활을

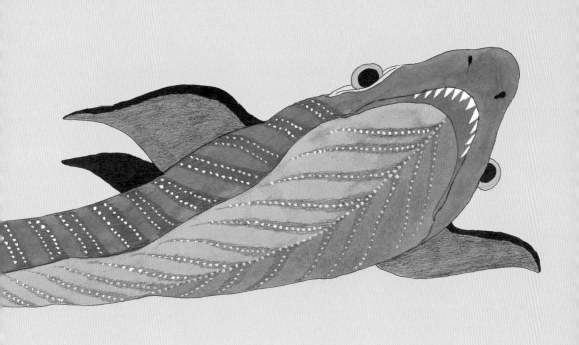

만들었고 골짜기에서 칡덩굴을 파내 활시위를 만들었으며 대나무로 화살을 만들었다. 구미야는 출발했다. 때로는 붉게 달궈진 쇠처럼 뜨거운 돌 위를 걷기도 했고, 때로는 끓는 물 같은 강을 건너기도 했다. 땀이 이마에서 방울방울 흘렀다. 말로 다 할 수 없는 고생을 한 다음 산 정상에 이르렀다.

한편, 태양의 자매들과 달의 형제들은 그들의 무훈을 즐기고 있었다. 이마에 흐르는 땀을 닦지도, 숨을 가다듬지도 않고 구미야는 바로 화살을 쏘았다. 순간 귀가 먹을 정도로 시끄러운 소리가 났다. 태양의 자매 중 하나가 화살을 맞고 불빛을 튀기며 산 밑으로 떨어진 것이다. 화가 난 태양과 달은 구미야를 산 채로 태워 죽일 작정으로 달려들었다. 하지만 구미야는 솜씨 좋게 이들을 피해 두 번째 화살을, 세 번째 화살을 날렸다. 화살을 맞은 태양의 자매들과 달의 형제들은 하나둘 쓰러졌다. 그래도 태양과 달은 용케도 피했다. 형제와 누이의 죽음을 본 둘은 무서워 도망쳤다. 구미야는 달을 향해 그 마지막 화살을 날렸다. 그러나 지쳐 정신을 집중하지 못한 탓인지 화살은 목표물을 맞추지 못했다. 달은 악하기보단 겁이 많았다. 덜덜 떠느라 정말 많은 땀을 흘렸고 몸은 점점 차가워졌다. 태양과 달은 구미야의 활 솜씨에 놀라 숨었고, 감히 다시는 그 앞에 나타

나지 않았다.

추위와 어둠이 다시 세상을 지배했다. 낮도 밤도 어두
웠다.

"이리 차갑고 어두운 세계에서 어찌 살 것인가? 태양과 달을 다시 오라
해야겠다."

구미야는 제비를 시켜 태양과 달이 숨어 있는 곳을 찾아보라 했다. 며칠
후 제비가 보고를 했다. 태양과 달이 동쪽 지평선 근방 어느 동굴에 숨어
있다는 것이었다.

구미야는 당장 모든 새들과 짐승들을 소집해 회의를 열었다. 태양과 달
을 찾아 나서자는 안건을 내었다. 참석자들은 대부분 동행하겠다고 찬성
했다. 검은 도가머리 자고새와 흰 도가머리 자고새만 빼고. 두 새는 함께
갈 수 없는 이유를 댔다.

"설사를 너무 해서 똥구멍이 빨갛게 됐어요. 날 힘도 없어요."

검은 도가머리 자고새의 말이었다.

"부모님이 돌아가셨어요. 아직 초상 중입니다. 이런 와중에 제 식구들을
두고 어찌 떠나겠어요."

흰 도가머리 자고새의 말이었다.

　　　　그 이후 자고새의 빨간 똥구멍과 하얀 도가머리는
　　　　게으름과 이기주의의 상징이 되었으며, 비난의 대상
　　　　이 되었다.

좌우지간 결정이 나자 새들과 짐승들은 출발을 서둘렀다.

제비가 길을 열었다. 반딧불들이 길을 밝혔다. 수탉은 날짐승들의 길잡
이를 맡았으며, 겁 없는 힘센 멧돼지는 길짐승들의 길잡이를 맡았다. 구
미야는 그들과 함께 가지 않았다. 왜냐하면 태양과 달이 구미야를 저어
하기 때문이었다.

동굴 은신처에 숨어 있기는 했지만 태양과 달은 불안해 덜덜 떨었다. 계
속 동굴에 있고도 싶었지만 숨이 막힐까봐, 배고파 죽을까봐 걱정이었
다. 나가고도 싶었지만 구미야한테 죽음을 당할까봐 두려웠다. 어찌할
바를 몰라 울었다. 그런데 밖이 소란스러웠다. 새들과 야생 짐승들이 동

굴 앞에 도착한 것이었다. 태양과 달은 서로를 꼭 붙들고 어두운 구석에
웅크리고 있었다. 새들과 다른 짐승들의 설득과 회유에도 불구하고 태양
과 달은 나오기를 거부했다. 어떻게 하지?
그때 수탉이 앞으로 나왔다. 다들 조용하라고 했다. 이어 깃털을 흔들며
목을 가다듬고 노래를 부르기 시작했다.

　　빛나는 태양,

　　밝은 달,

　　어서 나오세요.

　　당신의 빛과 당신의 열을 우리에게 주세요.

수탉의 목소리는 그지없이 상냥하고 부드러웠다. 수정처럼 아름다운 목

소리는 달과 태양의 두려움을 조금이나마 녹여주었다. 태양과 달도 노래로 화답했다.

동굴에서 배고파 죽기보다
구미야한테 죽음을 당하지.
우리가 동굴 밖을 나간다 한들
누가 우리에게 먹을 것을 주겠나?

새들과 짐승들은 다시 화답했다.

바로 그것이 구미야의 뜻일세.
우리가 그래서 그대들을 찾으러 온 게야.
구미야는 그대들을 죽일 생각이 없어.
그대들의 빛과 온기를 우리에게 주게나.
그것이 그분의 진정한 희망일세.

그래도 구미야를 믿지 못하겠는지 태양과 달은 그대로 동굴에 있었다.

수탉은 다시 다독였다.

"제 노래를 듣고도 나오고 싶지 않아요? 안전은 꼭 보장할게요."

태양과 달의 의심을 걷고, 자신의 말을 굳게 약속하는 상징으로 수탉은 나뭇조각 하나를 주워 둘로 쪼갠 다음 하나는 동굴 속으로 던졌고 하나는 자신이 들고 있었다. 수탉의 말과 약속을 입증하는 나뭇조각에 마음을 놓은 태양과 달은 동굴 밖으로 나오겠다는 뜻을 밝혔다.

그러자 수탉은 구미야의 복안을 전달했다. 즉, 각자의 역할에 따라 하나는 낮에 나오고 하나는 밤에 나와주면 좋겠다고. 그리고 매달 말이나 매달 초에 동굴에서 다시 만나라고. 태양이 수줍음 많고 밤을 무서워하는

것을 잘 아는 달은 태양에게 낮에 나갈 것을 제안했다. 대신 태양을 정면으로 쳐다보는 자들의 눈은 콕 찔러주라며 바늘을 건넸다.

그때부터 태양과 달은 서로 자기 역할을 했다. 바야흐로 낮과 밤이 구분되었다. 세상은 빛을 다시 찾았고, 생명력을 얻었다.

야생 짐승들은 낮이면 다시 산에서 뛰놀았고, 새들은 숲에서 노래 불렀으며, 물고기들은 세찬 물살 속에서 파닥파닥 뛰어놀았다. 농부들은 밭으로 일하러 나갔으며, 아낙네들은 천을 짜고 뜨개질을 했다. 소년들은 소들과 양떼를 돌보았으며, 땅거미 지는 저녁 은은한 달빛 아래 노인들은 허허 웃으며 옛날이야기를 들려주었다. 아이들은 숨바꼭질을 했고, 젊은 부부들은 피리와 비파를 연주하며 서로를 사랑스럽게 바라보았다. 세상이 생명으로, 기쁨으로, 희망으로 가득 찼다.

황룡
바이족 이야기

옛날에 한 소녀가 있었다. 돌보는 이 하나 없는 외톨토리였다. 어느 부잣집 식모로 들어가게 된 것도 그래서였다.

하루는 냇가에서 채소를 씻고 있는데 파란 복숭아 하나가 냇물에 떠내려 왔다.

"웬 복숭아지? 아직 파란색이네. 다 익은 것보다 저렇게 덜 익은 게 더 맛있을지 몰라."

소녀는 파란 복숭아를 집어 들더니 깨물어 먹었다. 그게 사실 용의 알인 줄은 꿈에도 몰랐다. 그리고 그것을 먹으면 아기를 갖게 되리라는 것도.

주인은 어린 처녀가 아기를 밴 것을 알고는 당장 쫓아냈다. 소녀는 이 집 저 집 돌아다니며 식모로 써달라고 했지만 아무도 받아주지 않았다. 해

가 기울자 잘 데도 없고 소녀는 무서웠다. 그래서 고샅길 덩그런 돌 위에

앉아 하염없이 울었다. 그곳을 지나던 한 노파가 소녀를 가엾게 여겼다.

"무슨 일이냐? 어린애가 어찌 세상 다 산 사람처럼 구슬피 우느냐?"

"말도 못 할 일을 당했어요."

소녀는 울먹이며 자기에게 벌어진 일을 다 이야기했다.

"쯧쯧, 세상에나."

할머니는 혀를 차며 말했다.

"살다 살다 그런 일은 처음 들어본다. 그래도 애야, 여기 이러

고 있으면 안 된다. 내 어떻게든 해보마. 우리 마부한테 딸

린 낡은 헛간이 하나 있다. 널빤지 침상 하나가 있는데,

불편은 하겠지만 네 몸을 생각해서라도 바닥에서 자는

것보단 나을 게다."

할머니는 황급히 안으로 들어가더니 마부를 찾아 그 헛간을 좀 비우라
했다.

"잘 데는 걱정 마라. 여기 이불도 있다. 춥게 자면 안 된다. 먹을 것을 좀
갖다 줄 테니 요기도 하고."

소녀는 할머니에게 송구하다며 몇 번이고 절을 했다. 이내 그 낡은 헛간
이 자기 집처럼 느껴졌다.

어느덧 뜨거운 여름이 돌아왔다. 숨이 막힐 정도로 후텁지근한 날씨였
다. 기운이 하나도 없어 소녀는 널빤지 침대에 누워 있었다. 세상이 노랗
게 보일 만큼 어지러웠다. 그런데 어디서 날개 치는 소리가 들렸다. 헛것
이 들리나? 이러다 죽으려나?

헛간 앞에 큰 불새 한 마리가 와 있던 것이었다. 새는 부채를 부치듯 황금빛 깃털을 살살 흔들었다. 시원한 바람이 헛간 안으로 들어왔다.

바로 그날, 소녀는 아들을 낳았다.

다음 날도 하루 종일 불새는 헛간 앞을 지키며 가만히 날개를 펼쳐 시원한 그늘을 만들어주었다. 그 덕분에 산모와 아기는 조용히 쉴 수 있었다. 수천 개의 깃털이 금빛 조각처럼 빛났다. 이윽고 날개가 서서히 일어났다. 이내 새는 지평선 너머로 사라졌다.

새가 떠난 이후로는 우울한 날들이 이어졌다. 산모는 몸을 풀자마자 매일같이 밭으로 나가야 했다. 아기를 도랑 옆 마른 바닥에 눕히고 갈대를 이어 짠 돗자리로 덮어 놓았다. 엄마가 없을 때면 커다란 뱀이 다가와서 아기에게 먹을 것을 주고 갔다.

시간이 흘렀다. 아기는 버섯처럼 쑥쑥 자랐다. 세 살에 벌써 어른처럼 밭에 나가 엄마 일을 돕곤 했다.

한편, 이 고을 어느 못에서는 대흑룡이 격한 분노에 떨고 있었다. 무슨 일 때문일까? 대흑룡과 그 부인은 이 못에 진작부터 살고 있었다. 거기서 멀지 않은 곳에는 심술궂은 소백룡이 살고 있었다. 대흑룡이 잠시 출타한 사이 소백룡은 대흑룡의 아내를 보러 그 못에 들르곤 했다. 부인은 가끔

자기 남편의 물건을 소백룡에게 주곤 했다. 대흑룡은
자기가 집을 비운 사이 무슨 일이 벌어지곤 했는지 전
혀 몰랐다. 그런데 하루는 대흑룡이 너무 좋아하는 진주 곤룡포가
보이질 않았다.

"내 진주 연회복 어디 있어?"

목소리가 하도 쩌렁쩌렁해서 못 수면이 일렁였다.

"몰라요."

얼마 전, 소백룡에게 그것을 줘놓고도 아내는 모른 척했다.

"당신이 왜 몰라?"

"당신 옷인데 당신이 어딘가 뒀을 거 아니에요."

아내가 중얼거렸다.

"내가?"

대흑룡은 으르렁거렸다.

"당신 말은 그러니까 내가 그걸 어디다 뒀다는 말이지? 그러면 있어
야 할 거 아냐!"

대흑룡은 투덜거리며 곤룡포를 찾기 시작했다.

"이런 난장판에서 어떻게 찾아! 여기저기 돌쩌귀들이 널려 있구먼.

당신은 집 안에서 뭐하는 거야? 정리는 해?"

대흑룡은 못 밑바닥에 깔려 있는 돌들을 일일이 들춰 보며 행여나 곤룡포가 있는지 살폈다. 그러자 이번에는 못에 굵고 검은 물결이 일렁거렸다. 물살이 못 가장자리를 심하게 쳐댔고 옆의 작은 논까지 물이 흘러 들어왔다. 논에서 일하던 사람들은 흠칫 놀라 얼른 뒤로 물러났다.

대흑룡의 아내는 서둘러 소백룡의 집으로 뛰어갔다.

"그 옷 좀 돌려줘요. 그이가 난리예요. 나중에 더 좋은 걸로 드릴게요."

"무슨 말이야? 난 이게 마음에 드는데? 한번 줬으면 그만이지."

"그이 성질 아시잖아요! 제발 그이 성질 좀 가라앉히게 일단 줘 봐요."

"싫어. 이미 내가 말했잖아. 안 줘. 그자만 좋은 것을 다 가지란 법은 없다고!"

대흑룡의 아내는 어쩔 수 없이 빈손으로 돌아갔다. 남편의 시무룩하고 검은 낯을 보니 무안했다. 옷을 찾았을 리 만무했다.

"평생이 걸려도 내가 꼭 찾는다! 못 바닥을 다 뒤집어서라도 찾을 거야!"

대흑룡은 눈을 부라리며 몸을 요동쳤다. 제 성질을 못 이기고 몸을 가만히 못 놔두다가 그만 못에 걸쳐 있는 무지개 다리에 꽈당 부딪혔다. 그리고는 술 취한 사람처럼 비틀거리다 못 속으로 처박혔다.

"거 봐요!"

부인이 히죽 웃었다.

"이걸로 끝날 줄 알아? 보라지. 내 옷 못 찾으면 무슨 일이 생길지 두고 보라고!"

우당탕탕! 쿵쿵! 쾅쾅!

요란법석 난리를 피우며 대흑룡은 다시 옷을 찾기 시작했다.

못은 요동을 쳤고 부글부글 끓었다. 검은 파도
가 산처럼 넘실거렸다. 치솟은 물기둥 벽이 논
과 집으로 쏟아졌다. 온 마을을 물바다로 만들
었다. 물에 빠져 허우적대는 사람이, 짐승이 속
출했다. 죽은 자들이 수백, 수천을 헤아렸다.
대흑룡이 일으킨 참화가 얼마나 컸는지 마을
수령이 나서서 대흑룡의 분노를 가라앉히는 자
에게 큰 상을 내리겠다는 방까지 내걸었다.
그러나 아무도 나타나지 않았다. 아무도 감히
나설 수가 없었다.
하루는 이 모자도 내걸린 방 이야기를 듣게 되
었다.
"엄마, 내가 갈게요. 내가 그 용을 손봐줄 수 있
어요."
"정말? 아주 기특한 생각인데? 너, 용한테 한
입에 먹히고 싶은가 보구나?"
엄마는 실눈을 뜨고는 웃으며 말했다.

"진짜예요. 내가 할 수 있다고!"

아이는 눈을 부릅뜨며 말했다. 그러더니 당장 밖으로 뛰쳐나갔다. 저잣거리 벽에 나붙은 방을 보더니 냅다 뜯으면서 말했다.

"이 포상은 내 것이오! 내가 대흑룡을 납작하게 해줄 테요!"

주변에 있던 사람들은 마구 웃어댔다. 하도 아이가 고집을 피우자 할 수 없어 수령한테 데려갔다. 수령이 웃으며 말했다.

"그러니까 네가 용을 길들일 수 있다 이거냐?"

"예. 제가 할 수 있습니다. 한데 제게 필요한 것이 있습니다. 3백 개의 작은 호밀빵과 3백 개의 작은 철빵과 세 개의 밀빵과 세 개의 지푸라기 용 인형을 준비해주세요."

아이는 설명을 계속했다.

"그 지푸라기 용들을 못 속에 던지세요. 대흑룡이 먼저 이 용들을 공격할 겁니다. 지칠 만하면 제가 대흑룡과 맞설 거예요. 작은 빵들 말고도 여섯 개의 날렵한 칼과 청동 용 가면과 날카로운 톱니가 달린 철 장갑 두 개가 필요해요."

수령은 아무 말 없이 아이를 한참 바라보았다. 뭔가 범상
치 않은 아이 같았기에 부하들에게 명령했다.

"이 아이가 말한 것을 갖다 주어라. 이 애가 뭔가 해낼지도
모르겠구나."

잔뜩 호기심에 찬 부하들은 어딘가로 우르르 몰려가더니 얼마 안 있어
아이가 부탁한 것을 가지고 왔다.

다들 못으로 갔다. 아이는 우선 얼굴에 용 가면을 썼다. 그리고 손과 발에
용 이빨처럼 생긴 톱니 달린 철 장갑을 꼈다. 그리고 부하들에게 칼을 좀
달라고 했다. 이어 등에 세 개의 칼을 엇갈려 고정시키고, 나머지 세 개
중 두 개는 양팔 밑에 각각 하나씩, 그리고 마지막 여섯 번째 칼은 입에
물었다. 그러고는 말했다.

"물에 지푸라기 용들을 던지세요. 대흑룡이 그 용들한테 정신을 팔 겁니
다. 제가 일단 못 속에 들어가고 나면 물 위를 잘 살피세요. 물이 황색기
가 돌면서 불쑥 황룡이 아가리를 내밀면 밀빵을 던져주세요. 물이 검게
소용돌이를 치면서 대흑룡이 불쑥 아가리를 내밀면 철빵을 던지세요. 이
게 다 끝나면 물에 한 줌의 풀을 뿌리세요. 이 모든 게 다 실패하면 저를
위해 절이나 하나 세워주시고요."

마지막 말을 던지고는 아이는 못 속으로 들어
갔다. 이내 아이는 용으로 변했다. 손과 발이
길어졌고, 가면이 진짜 얼굴로 변했고, 칼들이
이빨과 날개가 되었다. 아이가 없어진 자리에
황룡이 나타나 헤엄을 치고 있었다. 황룡은 마
지막 지푸라기 용의 잔해를 입에서 퉤퉤 뱉고
있는 대흑룡을 향해 달려갔다. 대흑룡은 씩씩
대고 있었다.

"이 더러운 것을 누가 나한테 던졌지?"
대흑룡은 계속해서 투덜거렸다.
"이건 용이 아니잖아! 그냥 지푸라기잖아! 에
잇, 이빨에 다 꼈어."
"그러니까 화 좀 그만 내세요."
황룡이 말했다.
"성질내고 그리 들썩이니 물이 넘쳐 밖에 난리
가 났잖아요. 사람들이 얼마나 많이 죽었는지
아세요?"

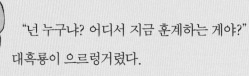

"넌 누구냐? 어디서 지금 훈계하는 게야?"

대흑룡이 으르렁거렸다.

"결투를 신청하고 싶습니다!"

"뭐라? 너 같은 조무래기가? 너같이 뻔뻔한 놈은 처음이다."

대흑룡은 으르렁거리더니 결투 자세를 취했다.

대흑룡은 황룡보다 나이도 많고 힘도 셌다. 하지만 황룡은 작고 민첩했다. 두 용은 못 속에서 이리 치고 저리 빠지고 했다. 물이 튀고 들들 끓었다. 작고 날쌘 황룡은 대흑룡 주변을 장난치며 뛰놀았다. 대흑룡이 이리로 싹 달려들면 황룡은 저리로 쏙 빠졌다. 황룡은 대흑룡을 여기서 물고 저기서 쪼았다. 하루 반나절을 그러고 싸웠다. 대흑룡은 완전 진이 빠졌다. 황룡은 약을 올리며 외쳤다.

"벌써 그만하시게요? 배고프죠? 뭘 좀 먹고 할까요?"

황룡이 먼저 물 밖으로 머리를 내밀었다.

못가에 있던 사람들은 물에 황색이 돌자 얼른 밀빵을 던졌다. 황룡은 냅다 집어삼키고 다시 잠수했다.

"너 뭐 먹었냐? 나도 좀 먹고 하자."

대흑룡도 물 밖으로 머리를 내밀었다.

용의 검은 아가리가 비치자 아이가 시킨 대로 사람들은 이번에는 철빵을 던졌다.

두 용은 다시 싸움을 시작했다. 그런데 얼미 못 기 대흑룡이 말했다.

"어? 이상하다. 내 몸이 이상해! 이, 이러다간 죽겠다."

"그럼 끝이에요? 이젠 성질 가라앉히시겠다는 거예요? 못 바닥은 이제 그만 뒤지실 거죠? 사람들 그만 괴롭힐 거죠?"

자못 진지하게 황룡이 물었다.

대흑룡은 몸도 이상해 죽겠는데 슬슬 부아가 치밀었다. 진주 곤룡포를 못 찾는 건 둘째 치고 이 쪼그만 새끼 용한테 훈계를 들어야 하다니!

대흑룡은 정신을 차리려고 애쓰며 숨을 가다듬고 말했다. 좋은 꾀가 하나 생각난 것이었다.

"미안한데, 내 목 안 좀 봐줄래? 뭐가 들어갔는지 영 거북하구나."

황룡은 내심 웃었다.

'내가 네 놈한테 그리 쉽게 먹힐 것 같아?'

황룡도 좋은 꾀가 나서 큰 소리로 대답했다.

"당연히 봐드리죠! 한데 입을 좀 크게 벌려보세요. 그래야 제가 들어가서 한번 살펴보죠."

황룡은 적의 아가리 속으로 들어갔고, 예상대로 대흑룡의 턱이 탁 닫히는 소리가 들렸다. 폴짝! 작은 몸이라 황룡은 용의 위장 속으로 얼른 들어갔다.

대흑룡은 안심하고 있었다.

"어휴, 이제야 좀 살겠군. 정말 무례한 놈이었어!"

"자, 그럼 이제 시작해요?"

새끼 황룡은 대흑룡의 위장 속에서 외쳤다. 이어 몸을 비틀고 요동을 치며 위장을 긁고 할퀴고 물었다. 대흑룡은 아파서 데굴데굴 굴렀다.

"아야! 그만해!"

대흑룡은 소리를 질렀다.

"당장 나와!"

"안 나가요! 비겁해요, 날 속이고. 잡아먹는다고는 안 했잖아요!"

"알았어, 알았어. 안 그럴게. 당장 나와. 아야, 아야, 아파 죽겠다고!"

"그럼, 이제 조용히 있을 거예요?"

황룡은 다시 물었다.

"그래, 그래."

대흑룡은 연신 고개를 끄덕였다.

"내가 이사 가마."

"용의 맹세?"

"그래, 용이 눈물로 하는 맹세다. 그건 그렇고
이제 좀 나오렴! 아이고, 아이고, 나 죽겠다."

"그런데 어디로 나가요?"

나갈 길을 찾으며 황룡이 말했다.

"내 입은 당연히 아니지. 거기 좀 가만히 있어.
제발 방방 뛰지 말고."

대흑룡은 애원을 했다.

"그러고 좀 가만히 있어봐. 해결책을 찾아보자
꾸나. 내 귀는 어떠냐?"

"뭐라고요?"

황룡은 말도 안 된다는 듯 소리쳤다.

"귀 언제 씻었어요? 말해봐요. 절대 거기로는
안 나가요."

"그럼 코로?"

"정말 제정신이에요? 그런 길밖에 몰라요?"

"그럼 겨드랑이는 어떠냐?"

난감한 표정으로 대흑룡은 말했다.

"겨드랑이요?"

황룡이 킥킥대며 말했다.

"제가 나갈 때 그 겨드랑이 탁 붙이려고 그러죠? 그럼 전 완전히 으스러질 텐데요?"

"아냐! 몰라, 이제 나도 몰라!"

체념한 듯 대흑룡이 말했다.

"참, 그럼 내 눈으로 나와 보든가."

"눈이라."

황룡은 잠시 생각해보았다.

"좋아요, 좋아! 그건 가능할 수도 있어요. 잠깐 기다려요. 내가 나갈 테니. 그다음에 우리 다시 싸워요."

"천만에. 난 더 싸울 힘도 없다."

대흑룡은 중얼거렸다.

"네가 나오는 즉시 난 사라질 테다. 네가 내 눈을 잘 간직해라. 한쪽 없이도 난 잘 갈 수 있을 테니."

이 말이 떨어지기가 무섭게 황룡은 대흑룡의 눈 한쪽을 힘껏 밀어젖히며 밖으로 나왔다.

"자, 이제 또 싸워요!"

황룡은 대흑룡에게 소리쳤지만 이미 대흑룡은 못에서 튀어나가고 없었다. 꼬리로 못물을 한 번 탁 치고는 어딘가로 달아났다. 발에 불이 붙은 양 도망쳤다. 산 하나가 앞을 가로막고 있자 당장 굴을 파서는 빠져나갔다. 이때 마을에 넘쳤던 물도 그 굴을 따라 같이 빠져나갔다. 그러자 물에 잠긴 논이 서서히 제 모습을 드러내기 시작했다. 마을 사람들은 탄성을 질렀다. 아이의 용맹함을 칭찬했다. 이 어린 영웅이 얼른 못에서 나오기를 기다렸다. 하지만 아이는 나타날 생각을 하지 않았다.

아들을 기다리던 엄마는 점점 불안해지기 시작했다.

"애야, 왜 안 나오는 거니? 어떻게 된 거야?"

엄마는 못 주변을 서성대며 울먹였다. 그때 못 수면이 일렁이더니 황색으로 변했다. 안에서 무슨 소리가 들렸다.

"엄마, 안 돼요. 용이 된 이상 이제 땅으로 못 올라가요."

"안 돼, 내 아들, 내 아들. 마지막 한 번만이라도 이 엄마한테 얼굴을 보여줘야지."

엄마는 통곡했다. 엄마의 눈물이 못 수면에 떨어졌다. 그러자 황룡의 머리가 물 위로 올라왔다.

황룡은 엄마의 고통스러운 얼굴을 지그시 바라보았다. 사람들은 아이의 마지막 말을 떠올리며 풀을 뜯어 못에 한 줌씩 던졌다. 황룡은 점점 몸이 줄어들고 줄어들어 작은 노란 뱀이 되더니 풀밭으로 풀쩍 뛰어올라 맞은편 둑까지 기어갔다.

감동한 마을 사람들은 그곳에 절 하나를 세웠다. 그리고 황룡을 기렸다. 황룡은 그 마을의 수호신이 되었다.

최초의 목수 스승
한족 이야기

칭수이 강은 루지아완이라는 마을에 물을 대며 동쪽으로 장구히 흐른다. 이곳에 루라는 늙은 목수가 살았다. 나이는 쉰여덟 살로 40년째 그 일을 하고 있었다. 고생스럽게 일해서 남 루지아완과 북 루지아완 두 마을을 지었다. 이상하게 그는 견습생을 받지 않아서 마을 사람들이 의아해 했다. 누군가가 와서 견습을 청하면 그는 항상 이렇게 말하곤 했다.

"누구를 가르칠 만한 수준이 아닙니다. 제가 지은 집을 보세요. 집들이 그다지 볼품없지요?"

세월이 더 흘러서도 매번 그리 대답하곤 했으니 사람들도 더 이상은 묻지 않았다.

늙은 목수는 그의 기술에 늘 만족하지 않
았다. 어떤 견습생도 받지 않았으며 아들
이 가업을 잇는 것도 원하지 않았다. 번
돈을 아껴 몇 백 칭량^{옛 중국의 화폐}을 모았고,
이 정도면 종마 세 필을 사고도 남았다.
좋은 직업을 찾아보라고 세 아들들을 멀
리 떠나보낼 참이었다.

그에게는 세 아들이 있었다. 큰아들은 루
수완, 둘째는 루 빈, 그리고 막내는 루 반
이었다. 이제 겨우 열두 살인 막내가 바
로 이 이야기의 주인공이다. 두 형은 하
나같이 게을렀고, 하루 종일 아무것도
하지 않고 빈둥거렸다. 부모가 좋아할 리
없었다.

반대로 루 반은 어려서부터 부지런하고
뭐든 열심히 했다. 늘 아버지를 따라다니
며 일을 도왔다. 하루는 점심 먹을 때가

되었는데 아들이 보이지 않자 어머니는 걱정이 되어 아들을 찾아 나섰다. 웬걸, 아들은 거의 공사가 끝난 어느 집 앞에 주저앉아 턱을 손에 괴고 창틀을 만들고 있는 목수들을 골똘히 쳐다보고 있었다.

여섯 살 때부터 루 반은 목수가 되고 싶었다. 도끼로 나무를 자르고 톱과 대패로 널빤지도 만들고 싶었다. 열 살에는 이 연장들을 다 사용할 줄 알게 되었다. 손에서 연장 떨어지는 날 없이 틈만 나면 작은 선반이며 찬장, 의자, 수레 같은 것을 만들어 집 여기저기에 갖다 놓았다. 집이 무슨 가구 가게 같았다. 어머니가 다리를 힘들게 올려 침상에 간신히 올라가는 모습을 본 루 반은 산에 가서 버드나무를 잘라다가 의자를 하나 만들었다.

"어머니, 이 의자에 앉으세요. 허리가 안 아프실 거예요."

누이들이 바느질을 하는데 실패를 놓을 데가 마땅치 않자 이번에는 느릅나무를 베어다가 작은 실패함을 만들어주었다. 하지만 두 형들이 뭘 좀 만들어달라고 하면 싫다고 했다.

"나무도 있고, 도끼도 있고, 톱도 있는데 형들은 왜 안 하는 거야?"

이러니 어머니, 아버지, 누이들은 막내만 예뻐했다.

삼 형제가 장성하자 하루는 노인이 맏아들을 불러 말했다.

"애야, 너는 맏이다. 이 아비한테 계속 의지하고 살 수는 없다. 직업을 갖도록 해라. 목수가 되어라. 너한테 기술을 가르쳐줄 만큼 내 실력이 뛰어나지는 않다. 누구를 가르쳐본 적도 없고. 자, 2백 칭량을 받아라. 그리고 이 말도. 총난 산에 목공의 대가인 한 스승이 계시다. 그를 찾아가거라."

한데 아비는 아들의 안색이 안 좋은 것을 눈치챘다. 그러나 아들도 싫다고는 못 하고 아무 말 없이 노인이 준 돈을 가지고 말에 올라탔다.

루 수완은 속으로 말했다.

'총난 산이 얼마나 먼데, 거기까지 어떻게 가라고.'

루 수완은 그냥 아무 곳이나 돌아다니며 3년을 보내고 집에 돌아왔다. 돈도 다 쓰고 말도 다 팔고 빈손이었다. 아들은 할 말이 없었다. 아버지도 아무 말 하지 않았다. 다만 아들이 문지방을 못 넘게 문가에 그대로 세운 채 둘째 아들을 불렀다.

"네 나이, 이제 열여덟이다. 2백 칭량과 말을 가지고 총난 산에 계시는 목수 스승님을 찾아라. 네 형처럼 아무것도 안 배워가지고 오지는 말아라."

둘째 루 빈 역시나 뭔가 못마땅한 얼굴로 말에 올라탔다. 얼굴이 우거지상으로 당장 울 것 같았다. 낮이고 밤이고 말을 몰았다. 한참을 갔는데도 총난 산은 아직도 구만리였다. 심란해져 그저 발길 가는 대로 떠돌기로 했다. 3년이 흐르니 돈도 다 떨어졌다. 말까지 다 팔고 집에 누더기 신세로 돌아왔다. 화가 난 아버지는 몽둥이를 들고 아들을 두들겨 패고는 아예 집에서 쫓아냈다.

이제 루 반의 차례였다. 아버지는 눈가에 눈물이 그렁그렁한 채 막내아들의 머리를 쓰다듬으며 말했다.

"아무짝에도 쓸모없는 네 두 형을 내쫓았다. 이제 너밖에 없다. 아비를 실망시키지 마라. 네 형들처럼 하면 안 된다."

아버지 말이 끝나기도 전에 루 반이 대답했다.

"아버지 걱정 마세요. 전 이미 돈도 준비했어요. 말도요. 떠나기만 하면 돼요. 추천장만 하나 써주시면 돼요. 스승님을 못 찾으면 전 돌아오지도 않겠습니다."

루 반은 말에 올라타자마자 말을 서쪽으로 돌렸다. 늙은 목수 아비는 눈물을 훔치며 아들을 바라보았다.

"역시 우리 막내구나."

루 반은 말을 재촉했다. 하루 만에 3백 리를 달렸다. 열흘 후에는 3천 리

를 왔고, 마침내 뾰족한 절벽 바위들이 병풍처럼 늘어서 있고 가시덤불들이 군데군데 솟아 있는 험준한 산 앞에 이르렀다. 루 반은 말을 멈추었다. 그럴 수밖에 없었다. 바로 그때 늙은 나무꾼이 나타났다. 루 반은 고개 숙여 절하며 물었다.

"할아버지, 여기서 총난 산까지 얼마나 남았습니까?"

"반도 안 왔다. 절반 오는 데만도 1년은 걸린다. 산이 정말 높고도 높지."

노인은 말을 천천히 했다.

"그러면 2년 아니면 3년은 걸리겠군요. 어떻게든 갈 겁니다."

늙은 나무꾼은 소년의 결의에 탄복하며 말했다.

"이 낫을 가지고 가거라. 도움이 될 게다."

루 반은 낫을 반갑게 받고는 산을 올라가기 시작했다. 낫으로 가시덤불과 뾰족한 돌들을 헤치며 나아갔다. 마침내 정상에 올랐다. 보이는 큰 나무 하나에 낫을 걸어두고는 다시 말을 타고 서쪽으로 계속 갔다.

열흘을 더 걸었다. 3천 리를 더 가자 커다란 강이 나타났다. 물색이

짙은 것을 보니 물이 아주 깊어 보였다. 루 반은 말을 멈추고 잠시 망설였다. 이때 작은 배 한 척이 나타났다. 한 젊은 어부가 그 위에 앉아 있었다. 루 반은 공손히 절하며 물었다.

"한 가지만 여쭙겠습니다. 총난 산까지 몇 리나 남았는지 아십니까?"

어부는 잠시 생각하더니 대답했다.

"지름길로 가면 3천 리는 걸리네. 돌아가는 길로 가면 6천 리는 걸릴 거고. 이 강을 건너는 길이 지름길이긴 한데."

"그렇다면 절 좀 태워주실 수 있습니까?"

"안 되네! 난 할 수가 없네. 옛날부터 익사가 많은 강이네."

눈썹을 움찔하며 어부가 거절했다.

"두렵지 않습니다. 강이 아무리 깊어도, 아무리 넓어도 지름길이라면 피할 이유가 없지요."

눈 하나 깜짝 않는 소년의 용기에 어부는 웃으며

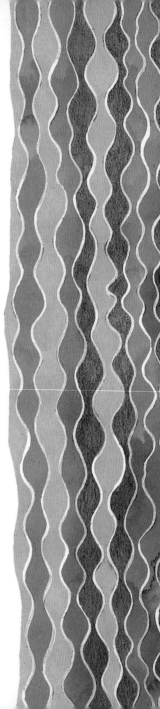

말했다.

"말부터 배에 태우게. 한번 해보는 거지, 뭐."

천신이 도왔는지 강신이 도왔는지 무사히 강을 건
넌 루 반은 다시 길을 서둘렀다. 열흘 동안 천 리를
달렸고, 드디어 가장 높은 산 앞에 이르렀다.

"분명 총난 산일 거야."

루 반은 확신했다. 산봉우리가 어지러웠고 여러 개
의 산길이 뱀처럼 휘어지고 얽혀 있었다. 어느 길
을 택하지? 마침 산 밑에 작은 초가가 한 채 있었
고, 노파가 실을 잣고 있었다. 노파에게 또 물었다.

"할머니, 총난 산까지 몇 리나 남았죠?"

"지름길로 가면 백 리, 돌아가면 3백 리."

할머니가 대답했다.

"한데 산봉우리가 3백 개다. 그중에 어디를 가고
싶으냐?"

"저는 스승님을 찾아왔습니다. 목수 스승님요, 목
공의 대가요."

루 반은 유쾌하게 대답했다.

"9백 9십 9개의 산길 가운데 한가운데 길로 가라."

노파가 대답했다.

산 높이 올라서서 문득 아래를 보니 지붕 몇 개가 보였다. 다시 내려가 좀 더 가까이 보니 세 칸짜리 집이었다. 아무런 인기척이 없었다. 살짝 문을 밀고 들어가보니 바닥부터 연장들이 늘어져 있었다. 고개를 올려 보니 침상 위에 머리가 허옇게 센 노인이 다리를 길게 뻗고 자고 있었다. 코 고는 소리가 천둥소리 같았다. 루 반은 속으로 말했다.

'저분일 거야.'

루 반은 스승을 깨우지 않으려고 조용히 연장들을 집어 연장통에 하나씩 넣었다. 그러고는 의자에 앉아 스승이 깨어나길 기다렸다.

노인은 아주 깊이 잠들어 있었다. 여러 번 몸을 뒤척거렸으나 절대 일어나지는 않았다. 해가 다 질 무렵에서야 드디어 눈을 떴다.

루 반은 반색하며 다가가 무릎을 꿇었다.

"스승님, 저를 제자로 받아주십시오. 저를 받아주십시오."

"네 이름이 무엇이냐? 어디서 왔느냐?"

스승은 물었다.

"제 이름은 루 반이라 하옵고, 루지아완이라는 마을에서 왔습니다. 여기서 만 리나 떨어진 곳입니다."

노인은 또 질문했다.

"왜 나를 스승으로 삼겠다는 거냐?"

"목공의 대가시지 않습니까."

노인은 한참을 생각하더니 말했다.

"질문을 몇 개 하마. 잘 대답하면 널 받아주고 그렇지 않으면 그냥 돌아가거라."

루 반은 기쁘기도 하고 걱정되기도 하였다.

"정말요? 하지만 만일 오늘 제가 대답을 못 하면 내일 다시 오겠습니다. 스승님께서 만족하실 답을 드리고 싶습니다. 저에게 시간을 주십시오."

"세 칸짜리 집에 들어가는 주 대들보와 부 대들보가 몇 개냐? 또 용마루는 몇 개이고, 들보는 몇 개냐?"

"주 대들보는 세 개이옵고, 부 대들보도 세 개이옵니다. 큰 것, 작은 것 합해 용마루 스무 개, 들보는 총 백 개가 필요합니다. 다섯 살 때 이미 그것을 세어보았습니다."

정답이라는 듯 고개를 끄덕이며 스승은 다음 질문을 했다.

"석 달 만에 기술을 배우는 자와 3년 만에 기술을 배우는 자가 있다. 그 차이는 무엇이라고 생각하느냐?"

잠시 생각하더니 루 반이 대답했다.

"석 달을 배운 자는 눈으로 알지만, 3년을 배운 자는 영혼으로 압니다."

역시나 고개를 끄덕이며 스승은 세 번째 질문을 던졌다.

"목공 스승에게 두 명의 제자가 있다. 하나는 도끼로 황금산을 얻고, 하나는 백성의 마음속에 그 이름을 새긴다. 네가 이 직업을 택한다면 너는 어떤 사람이 되고 싶으냐?"

"후자입니다."

루 반은 대답했다.

"좋다. 내 질문에 모두 잘 대답했으니 너를 받아들이도록 하겠다. 다만 조건이 있다. 한동안 내가 사용하지 않은 연장들이 있다. 너는 그것을 사용해야 하느니라. 그것들을 고쳐서 써라."

스승은 다른 질문 없이 그렇게 말했다.

루 반은 일어섰다. 스승이 건넨 연장통을 들고 바위 옆에 앉아 연장들을 하나하나 꺼냈다. 살펴보니 도끼는 무뎠고, 톱은 이가 없었으며, 정은 녹

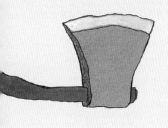

슬어 있었다. 지체할 것 없이 그 자리에서 바로 시작했다. 낮과 밤으로 연장을 갈고 닦았다. 어깨가 쑤시고 손에 굳은살이 박였다. 연장들을 갈던 숫돌은 깊이 파였다. 7일 낮과 밤이 흘러 모든 연장들은 다시 날이 서고 반짝반짝 윤이 났다. 루 반은 스승에게 가서 보여주었고, 스승은 아무 말 없이 고개만 끄덕였다.

"톱이 잘 드는지 보게 이 5백 년 된 나무를 잘라보아라." 스승이 말했다.

루 반은 나무 가까이 가서 나무를 바라보았다.

'몸통이 엄청 굵은데. 두 사람은 둘러야 할 정도야. 나무 키도 크군. 꼭대기가 하늘에 닿겠다.'

루 반은 나무에 톱질을 하기 시작했다. 열이틀이 지나서야 나무가 잘려 나갔다. 루 반은 톱을 들고 스승을 뵈러 갔다.

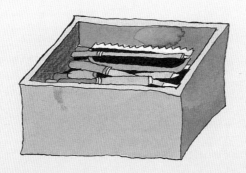

"도끼가 잘 드는지 보게 이 나무로 들보를 만들어봐라. 아주 둥그렇고 매끈해야 한다."

루 반은 일을 시작했다. 마디를 따라 나무를 차례로 잘라냈다. 열이틀이 지나 들보가 준비되었다. 스승을 보러 갔다. 스승은 말했다.

"아직 다가 아니다. 네 정이 잘 드는지 보게 이 들보에 2천 4백 개의 구멍을 내어보아라. 정사각형 6백 개, 원형 6백 개, 삼각형 6백 개, 직사각형 6백 개를 내어라."

정을 들고 루 반은 구멍을 내기 시작했다. 나무 톱밥이 일어났다. 열이틀을 꼬박 일해 2천 4백 개의 구멍을 정말 뚫었다.

스승은 이번에는 정말 흡족해했다. 앉아 있던 의자에서 일어나 정을 들고 루 반의 얼굴에 흐르는 땀을 닦아주었다.

"애야, 넌 힘든 일도 마다하지 않는구나. 내가 아는 모든 것을 다 가르쳐주마."

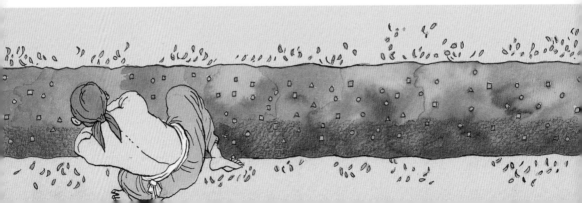

그러더니 루 반을 서쪽 방으로 데려갔다. 방에 들어온 루 반은 눈이 휘둥
그레졌다. 무언가가 너무 많아 한눈에 제대로 들어오지도 않았다. 여기
저기 온갖 모형들이 있었다. 집, 누각, 정자, 다리, 탑, 의자, 함, 가구. 모
든 게 다 너무 정교하고 아름다웠다. 스승은 웃으며 말했다.

"이것들을 다 해체해보아라. 그리고 다시 조립해보아라. 그러면 완전히
습득될 것이다. 네 스스로 배워라. 내가 굳이 네 옆에서 가르쳐줄 필요가
없다."

그러고는 쌩 가버렸다.

루 반은 모형 하나를 잡고는 주의 깊게 살폈다. 해체를 해봤다가 다시 조
립을 했다. 모든 모형을 세 번씩 그렇게 해보았다. 먹는 것도 쉬는 것도
잊은 채 하루 종일 연습을 했다. 매일 저녁 잠들기 전, 스승은 루 반을 보
러 왔다. 루 반은 그때마다 일하고 있었다. 깨어나서 다시 루 반을 보러
가면 역시나 일하고 있었다. 매번 스승은 그만하고 자라고 해도 루 반은

알았다고만 했지 바로 자지 않았다.

3년을 그렇게 한 끝에 마침내 모형들을 완전히 습득하게 되었다. 그의 실력을 보기 위혜 스승은 모형을 다 부수었다. 하지만 모형은 이미 루 반의 기억 속에 다 들어가 있었다. 루 반은 다시 그대로 조립해냈다. 스승은 이제 루 반의 생각에 따라 새로운 모형을 만들어보라고 했다.

루 반이 만든 것에 스승은 매우 만족하였다.

하루는 루 반을 오라 하더니 쓸쓸히 말했다.

"네가 여기 온 지 3년이 되었다. 내 제자로서 너는 한 치의 부족함도 없다. 이제 하산하여라."

루 반은 실망해 대꾸했다.

"아닙니다, 스승님. 제 기술은 아직 완벽하지 않습니다. 3년은 더 배우고 싶습니다."

노인은 웃으며 대답했다.

"이제 스스로 배워라. 오늘 떠나는 것이 좋겠다."

제자에게 뭐라도 주고 싶던 스승은 잠시 생각하더니 말했다.

"네가 고친 도끼와 톱과 정을 가지고 가라."

스승을 바라보며 루 반은 울었다.

"스승님께 저는 무엇을 드리옵니까?"

스승은 크게 웃으며 말했다.

"너한테 바라는 건 하나도 없다. 네가 내 이름에 먹칠을 안 하는 것만으로도 충분하다."

루 반은 울음을 참으며 스승에게 작별을 고하고 길을 떠났다.

돌아오는 길에는 노파도, 젊은 어부도, 늙은 나무꾼도 만나지 못했다. 루 반은 훗날 이들을 기리기 위해 총난 산 발치에 큰 사원을 하나 지었다. 또 그가 건너온 강 위에는 다리를, 스승을 만난 산 위에는 높은 정자를 지었다. 이것들은 지금까지 남아 있다고 한다.

귀향한 루 반은 스승이 준 연장들로 뛰어난 실용품들을 만들었다. 그는 명성이 자자했으며 감동적인 일화를 숱하게 남겼다. 다음 세대 사람들은 그를 일컬어 최초의 '목수 스승'이라 했다.

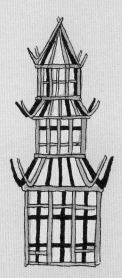

하얀 깃털 옷
둥샹족 이야기

옛날에 파투만이라는 둥샹족 소녀가 있었다. 소녀는 일찍이 어려서 어머니를 여의었다. 어떤 여자가 계모가 되었는데, 온갖 계략을 짜 파투만을 괴롭히곤 했다. 파투만은 영리하게도 계모가 시키는 대로 하면서도 계략은 잘 피했으니 쫓겨날 일을 만들지 않았다. 어린것이 절대로 자기 계략에 빠지지 않자 계모는 성이 나 미칠 지경이었다.

"저 눈엣가시를 없애야 돼. 무슨 수가 없을까? 최대한 빨리, 최대한 멀리 어딘가로 보내버려야 해."

그렇게 해서 파투만은 열셋의 어린 나이인데도 수염 난 늙은이한테 쉰 칭량에 팔렸다. 3일 후에 늙은 남편은 파투만을 데려갔다.

늙은 남편은 행여나 도망칠까봐 파투만을 방에 가두었다.

덫에 빠진 어린 사슴처럼 파투만은 덜덜 떨었다.

밖에서는 비둘기들이 푸른 하늘을 휘휘 날고 있었다. 파투만은
비둘기들이 너무도 부러웠다. 한참 새들을 바라보며 노래 불렀다.

하얀 비둘기야, 하얀 비둘기야,

얼마나 너희들이 부러운지.

너희처럼 나도 날개가 있다면,

자유롭게, 자유롭게 날아갈 텐데.

밤이 깊었다. 깊은 생각에 잠겨 몽상하다 이내 잠이 들었다. 비둘기들이
침대 가까이 다가와 이렇게 말하는 꿈을 꾸었다.

"소녀야, 우리가 너에게 줄 선물이 있어. 그걸 가지고 저고리를 만들
어. 힘들 때 그걸로 다시 행복을 찾으렴."

비둘기들은 제 몸에서 깃털을 뽑기 시작하더니 소녀가
누워 있는 침대 위에 놓고는 사라졌다.

파투만은 비둘기 날개가 파닥거리는 소리를 들은 것 같
아 얼른 눈을 뜨고 불을 켰다. 세상에, 정말 침대 위에 깃털들

이 있었다. 너무 기뻐 침대에서 튀어나왔다. 그리고 꿈에 비둘기가 말한 대로 깃털들로 저고리를 만들었다.

시간이 좀 지나자 저고리가 제법 모양새를 갖추었다. 수탉이 울 즈음 하얀 깃털 저고리는 다 완성되었다.

이틀 후 늙은 남편이 파투만을 큰 소리로 불러젖혔다. 파투만은 기겁해 일른 문에 빗장을 질렀다. 이번에는 계모의 싸늘한 목소리가 들렸다.

"문 열어라."

"어머니, 옷 좀 입고요."

소녀가 부탁했다.

계모는 잠시 기다리더니 다시 소리쳤다.

"열라니까!"

"아직요, 머리를 안 빗었어요."

조금 기다리다가 인내심이 바닥난 계모는 또 소리쳤다.

"파투만! 아직도 멀었어?"

"아직요. 얼굴 좀 씻고요."

조금 있다 계모는 또 고함을 쳤다.

"무슨 단장이 그렇게 길어? 아직도 안 끝났어?"

"어머니, 잠시만 기다려주세요. 옷을 마저 입어야 해요."

이제 계모는 완전히 인내심을 잃어 늙은이에게 문을 부수어서라도 열라고 했다. 늙은이는 문을 발로 세게 여러 번 찼고 바로 문이 열렸다. 둘은 우악스럽게 방으로 뛰어 들어왔다.

파투만은 아주 침착하게 거의 다 입은 아름다운 저고리의 매무새를 만지고 있었다. 그리고 점점 하얀 비둘기로 변하더니 날개를 파닥거리며 밖으로 날아갔다. 그러고는 마을 위를 몇 바퀴 돌고는 어딘가로 사라졌다. 파투만은 날고 날았다. 언덕 위로 뱀처럼 구불구불하게 나 있는 길 끝에 한 그루 나무가 서 있었다. 파투만은 그 위에 앉았다. 태양이 저물었고 밤의 장막이 펼쳐졌다. 비둘기 파투만에게 갑자기 슬픔이 몰려왔다. 그녀는 흐느끼며 노래 불렀다.

루, 루, 루, 루,
왜 이다지 나는 불행한가?
다 그 못된 사람 때문이야.
세상은 이토록 넓은데,

하늘 아래 난 아무도 없구나.

이제 어디로 갈까나.

구슬피 노래하는 동안 비둘기 파투만의 눈에서는 진주알 같은 눈물방울
이 주르륵 흘렀다.

한편 파투만의 노래에 감동한 사람이 있었으니, 길가의 한 찻집 주인이
었다. 이 찻집의 노인은 파투만을 위로하려고 이렇게 노래 불렀다.

하얀 비둘기야, 하얀 비둘기야,

울지 마라, 슬퍼하지 마라.

우리가 여기서 스친 것도 인연이구나.

내 집에 와서 살렴.

찻집 노인은 탁자 위에 세 개의
다기를 놓았다. 하나는 금, 하
나는 동, 하나는 철로 만든 것이었
다. 노인은 금 다기를 들어 비취 잔에

맑은 차를 따르더니 비둘기 파투만에게 건넸다.

"목이 마를 테니 이걸 좀 마셔라."

파투만은 하루 종일 날아다녀 매우 목이 말랐다. 파투만은 조심스레 노인을 살폈다. 나쁜 사람 같아 보이지는 않았다. 정말 호의로 대하는 것 같았다. 파투만은 나무에서 내려와 탁자 위에 사뿐히 앉았고, 맑은 차를 단숨에 비웠다. 그러자 갑자기 소름이 돋으며 온몸이 뒤틀렸고, 노인은 하얀 깃털 옷을 벗겼다. 소녀는 이내 비둘기가 아닌 사람으로 돌아와 있었다.

그때부터 파투만은 이 은인의 집에 머물며 찻집 노인의 일을 도왔다. 노인은 파투만을 친딸처럼 여겼다. 소녀의 얼굴에 다시 웃음꽃이 피었다.

노인의 세 다기는 각각 손님이 정해져 있었다. 금 다기는 불멸의 신들을 위한 것, 동 다기는 보통 사람을 위한 것, 철 다기는 못된 사람을 위한 것이었다.

하루는 파투만이 물을 길으러 갔다가 계모와 그 수염 난 노인이 자기가 머물고 있는 찻집 쪽으로 가는 것을 보았다. 겁에 질려 파투만은 발뒤꿈치를 돌렸다. 얼른 집으로 달려와 급히 하얀 깃털 옷을 찾으며 숨이 넘어갈 듯 말했다.

"할아버지, 큰일 났어요. 계모가 오고 있어요. 저를 돈 주고 산 노인이랑

함께요!"

"얘야, 걱정 마라. 네 방으로 가 있어라. 그자들은 나한테 맡기고."

계모와 늙은 남편은 찻집 앞에서 서로 찡긋 눈짓을 하고 있었다. 찻집 노인이 나타나자 물었다.

"노인 양반, 멀리서 온 어떤 여자애가 여기 산다고 하던데, 사실이오?"

"아닙니다. 하얀 비둘기만 하나 있습지요. 제 무리들한테 구박받고 혼자 떠돌기에 내가 좀 데리고 있습니다."

"맞아요! 그게 내 딸이에요."

계모는 외쳤다.

"맞아요! 그게 내 처요. 당장 돌려주시오!"

하얀 수염 노인도 외쳤다.

"예? 아하, 알았소. 한데 너무 서둘지 마십시오."

찻집 노인이 대답했다.

"오늘 날씨가 무척이나 무덥네요. 먼 길 오셔서 목이 몹시 마를 터인데, 차 한잔하시겠소? 그다음에 그 이야기를 좀 해봅시다."

노인은 두 사람을 위해 철 다기를 준비했다. 하지만 차 몇 모금에 두 사람은 그만 정신을 놔버렸다. 바닥으로 스르르 미끄러지더니 검은 연기처럼 두 마리 새로 변해, 탁자 밑에서 연신 날개를 퍼덕거렸다. 찻집 노인이 팔을 세게 휘두르자 두 마리 새는 밖으로 날아갔다. 새들은 잠시 후 허공을 뱅뱅 돌다가 어느 나무 위에 앉았다. 노인은 참았던 웃음을 터뜨리며 방에 숨어 있던 소녀를 불렀다.

"나와봐! 나와봐! 저것 좀 봐!"

두 흉측한 새가 나무에 숨어 있었다.

"돌아갈래! 돌아갈래!"

소녀가 나오는 것을 보자마자 두 못된 새는 시끄럽게 짖어댔다.

노인은 돌을 주워 새들을 향해 던졌다. 공포에 질려 새들은 날아갔다. 하지만 다시 또 돌아와서는 까악거렸다.

"돌아갈래! 돌아갈래!"

울음소리가 너무 듣기 싫어 파투만은 노인을 불렀다.

"할아버지, 저 새들 좀 쫓아주세요. 새소리가 너무 시끄러워 머리가 터질 것 같아요."

노인은 긴 막대기를 집어 들고는 새들을 쫓았다. 조금 후 새들은 다시 나타나 성난 애들처럼 꺅꺅 울어댔다.

"돌아갈래! 돌아갈래!"

"할아버지, 할아버지! 저 소리 정말 못 참겠어요! 저 새들이 사라져버리면 좋겠어요!"

마침 밀반죽을 주무르고 있던 노인은 한 주먹 떼어서 문밖으로 세게 던졌다. 반죽 덩어리는 공중을 날아 독수리로 변하더니 두 시끄러운 새들을 맹추격했다. 새들은 죽어라 도망쳤고 다시는 돌아오지 않았다.

지금도 산이나 숲에서 '돌아갈래! 돌아갈래!' 하고 울어대는 새들을 볼 수 있다. 이 새들은 나무 위에 앉아 쉬지도 않고 계속해서 이 소리를 낸다고 한다. 하도 돌아가고 싶다고 외쳐대서 이 새를 귀촉도 혹은 불여귀라고 부른다고 한다.

돈 날린 사연
후이족 이야기

후이족 어느 마을에 많은 땅과 말을 가진 부자 상인이 있었다. 결혼도 여러 번 했지만, 한 부인에게서 아들 하나를 겨우 얻었다. 아들 이름은 아푸라고 했다. 다 알겠지만, 부잣집 외동아들이라 신줏단지처럼 키웠다.
부전자전이라는 말처럼 아푸는 아버지처럼 잘 먹고 잘 살고, 여자 복도 많고 놀기도 잘 놀았다. 이 부자한테는 백여 마리의 말과 서른 명이 넘는 하인들과 그의 장사를 돕는 일꾼들이 있었다. 상단이 장사를 떠났다 돌아오면 마당은 은, 천, 과자, 장난감, 처음 보는 희귀품 등 온갖 물건들로 가득 찼다. 상단 사람들은 들렀던 마을이며, 장터, 만난 사람들, 먹었던 음식들에 대한 이야기를 끊임없이 늘어놓았다. 맛나게 먹었던 과일 이야기를 듣다 보면 아푸는 저절로 침이 흘렀다. 가끔 상단이 과일을 가져오

기도 했지만 오는 길에 이미 신선
도가 떨어져 상단 사람들이 말했던
것 맛은 아니었다.

어느 날 아푸는 도박장에 갔다가
돈을 다 날리고 돌아와서는 아버지
한테 이렇게 말했다.

"아버지, 저도 떠나고 싶습니다. 돈도 벌고 바람도 쐬고 싶어요."

노인은 아들의 결정에 반색하며 말했다.

"좋다. 이렇게 된 바에 잘됐다. 돈을 중간에서 빼돌릴 일은 없겠군. 감히
날 속여?"

생각만 하면 울화가 치미는지 아버지는 소리를 벅벅 질러댔다.

"내가 다 먹고살게 해줬는데, 그자들이 동네방네 뭐라고 하고 다니는 줄
아느냐? 내가 그들 등을 쳐먹었다는구나. 내 참, 은혜라고는 모르는 배은
망덕한 놈들 같으니."

노인은 숨을 한차례 고르더니 말을 이었다.

"아푸! 가족의 명예를 걸고 네가 최선을 다해야 한다. 내가 죽으면 우리
집안 재산은 다 네 것이다."

행상이 다 꾸려지자 노인은 상단 사람들을 불러모았다. 장황한 훈시를
마친 다음 이렇게 발표했다.

"오늘부터 아푸가 자네들과 함께 간다. 애가 상단을 지휘하게 될 것이다.
너희들은 짐 싣는 말들만 신경 써라. 아푸의 말을 무조건 따르라."

상단 사람들은 입도 벙긋하지 않았다.

수십 마리 말과 천, 귀금속, 소금 등 싣고 갈 물건이 모두 준비되었다. 무
탈을 기원하는 고사가 치러졌고, 상단 상인의 식구들과 그 부모들, 친구
들도 모두 불러 잔치를 벌였다.

시종들한테는 행상이 고달프나 주인한테는 신이 나는 일이었다. 어딜 가
나 아푸를 반겼고, 대접이 융숭했다.

처음 가는 행상인데도 아푸는 장사를 다 아는 척했다. 도박할 때처럼 머리만 잘 쓰면 될 것이라고 생각했다. 자기야 머리가 뛰어나니 분명 좋은 물건을 알아볼 것이고, 하여 충분히 이득을 남길 것이라고 자신만만해했다. 걷고 또 걸었다. 오후 무렵이 되어서야 사람들로 북적대는 장터에 들어섰다. 여관을 잡고 나서 아푸는 아래 두 사람에게 성 밖 저잣거리를 한 바퀴 돌고 오자고 했다. 우선 주막부터 찾아 배불리 먹었다. 그리고 슬슬 걸었다. 한 가게 앞에 사람들이 떼로 모여 있는 게 보였다.

무슨 일인가 싶어 호기심이 발동한 아푸는 사람들 틈을 비집고 들어갔다. 어떤 자가 붓으로 종이 위에 글자를 쓰고 있었다. 붓을 먹에 담갔다가 종이 위에 대고 춤을 추듯 움직였다. 이어 누군가가 그 종이를 가져가면

서 은전 몇 닢을 주었다.

"뭘 하는 거지?"

아푸가 부하 상인에게 물었다.

"서예입니다. 저자는 저 붓 덕에 명성이 자자하죠."

"돈도 많이 버나?"

"그럼요. 저 붓으로 하루에 은전을 산더미만큼 가져갈 겁니다."

'놀랍군! 정말 수완이 좋아. 나도 저 붓 몇 십 개를 사야겠다!'

아푸는 속으로 그렇게 생각했다.

"가서 한번 물어보게나. 가지고 있는 붓이 다 합해 몇 개나 있는지? 내가
모두 사겠다고 전해라."

젊은 주인의 말에 감히 딴죽을 걸 수 없어 부하는 가서 물었다. 그 서예가

는 처음에는 안 팔겠다고 했다. 하지만 이들이 가진 물건 스무 개와 붓 두 개를 바꾸는 조건을 제시하자 바로 그러겠다 했다.

"하하, 이 마술 붓 두 자루가 겨우 물건 스무 개 값이라니. 손해 본 장사는 아냐."

아푸는 신이 났다.

상단은 다시 장사를 떠났다. 정오 무렵 잠시 쉬어 가기 위해 길을 멈추었다. 길 옆, 밭에서 한 농부가 날이 뜨거운데도 땅을 갈고 있었다.

"당신이 쓰는 그게 뭐요?"

"예? 아, 삽입니다. 이거 하나로 노다지 땅을 파죠. 이 삽 하나만 있으면 먹고사는 건 아무 문제없습니다."

"그게 그리 대단한 거요? 그 삽이라는 게 몇 개나 있으시오?"

"몇 개요? 하나면 충분하죠. 뭐 더 있어야 합니까?"

"나에게 팔 생각 없소?"

아푸는 저 삽이 분명 요긴할 거라 생각했다. 그래서 길가에 부려놓은 짐들을 가리키며 농부에게 물었다.

"내게 좋은 물건들이 많이 있소. 원하는 건 다 줄 테니, 그 삽을 나에게

파시오."

이게 웬 떡이냐 하고 농부는 삽을 주는 대가로 상단의 보따리 서른 개를
요구했다.

아푸 딴에도 흡족한 거래였다.

"하하하, 이거 횡재로구먼. 저 마술 삽을 겨우 보따리 서른 개하고 바꿨
으니."

상단은 또 길을 떠났다. 사람 소리로 왁자지껄한 어느 마을에 당도했고,
또 그곳을 들러 가기로 했다.

일과처럼 또 두 부하 상인을 데리고 장터를 한 바퀴 돌았다. 네거리에 사
람들이 우르르 모여 있었다. 아푸는 또 사람들 틈을 비집고 들어갔다. 어
떤 사람이 구경꾼들에게 이상한 상자를 보여주고 있었다.

"뭐 하는 거지?"

아푸가 물었다.

"마술사입니다."

아푸는 그 자를 유심히 보았다. 마술사는 손을 능수능란하게 움직이며 구경꾼들에게 빈 상자를 보여주더니 이어 손수건으로 상자를 덮고는 주문을 외웠다.

"오거라, 오거라, 오거라, 얍!"

그러더니 천천히 상자를 열고는 쌀, 접시, 동전, 설탕 등 온갖 것들을 끄집어냈다.

아푸는 부하 상인을 불렀다.

"우리에게 남은 물건을 다 저자에게 줘라. 저 상자를 꼭 갖고 싶구나."

"예에? 나리, 저건 속임수에 불과합니다. 그걸 모르십니까?"

"입 닥쳐라! 하라면 하라는 대로 해!"

아푸는 고함을 치며 말했다.

"하하, 음식, 술, 내가 원하는 건 다 갖게 되는 거야! 내가 좋아하는 것도 전부 다!"

그 빈 상자를 물건 마흔 개하고 바꿔 이제 그에게 남은 것은 마흔네 마리의 말밖에 없었다. 여관에 돌아와서 곰곰이 생각해보니 좋은 생각이 났다.

'부하들을 다 돌려보내고 말들도 보내버리는 거야. 더 실을 짐도 없잖아?'

아푸는 부하들 때문에 경비가 더 든다는 생각이 들었다. 주인의 말을 감히 거역 못 하고 상인들은 모두 떠났다. 오히려 아주 신이 났다.

"저런 멍청이들 같으니! 여관비도 자기들이 내야 하고, 말여물 값도 자기들이 해결해야 하는데, 뭐가 좋다고 저렇게 신이 나서 가? 아무튼 다 잘 굴러가는군. 이제 난 내 보물들로 떼돈을 벌 거야."

자기가 타고 갈 말 하나만 남겨 놓고 말들을 상인들에게 다 줘서 보낸 다음, 저잣거리에서 이틀 동안 먹고 마시고 즐긴 후 붓 두 개와 삽, 마술 상자를 들고 귀갓길에 올랐다.

그런데 일단 말에 올라타긴 했으나 말을 어떻게 다뤄야 하는지는 몰랐다. 어느 날 길 한가운데서 갑자기 말이 쓰러졌고 다시는 일어나지 않았다. 영문을 모르는 아푸는 말한테 성질만 냈다.

"너 안 일어나? 계속 이러면 여기 내버려두고 간다."

말은 정말 다시는 일어날 생각을 안 했다. 하는 수 없이 아푸는 자기 보물들을 챙겨 터벅터벅 걸었다. 도보 여행은 절대 쉬운 게 아니었다. 하루 종일 걸었지만 겨우 몇 리 왔을 뿐이었다. 발에 물집이 생기고 다리가 쑤셨다. 다음 날도 계속 걸었다. 남은 동전도 다 쓰고 빈털터리였다. 해가 중천에 뜰 무렵 발이 너무 아파 더는 걸을 수 없었다. 길가에 주저앉아 쉬었다.

'아! 이럴 때 보물을 이용하면 되지!'

그는 우선 마술 상자를 꺼내 한참을 돌렸다. 수건으로 덮고 중얼중얼 노래를 불렀다.

마술 상자야, 마술 상자야,

내 말을 들어라.

생선과 고기가 진짜 먹고 싶구나.

하나, 둘, 셋!

그리고 천천히 손수건을 걷었다. 상자에는 아무것도 없었다. 다시 한 번 해봤다. 역시나 마찬가지였다. 아푸는 성질이 났다. 상자를 마구 팼다. 화가 다 풀릴 때까지, 상자가 다 부서질 때까지.

"괜찮아. 다른 게 또 있으니까. 에이, 마술 상자는 사기였다 치고, 설마 농부가 삽을 속였겠어!"

그래, 이번에는 삽을 잡고 중얼중얼 노래를 불렀다.

마술 삽아, 마술 삽아,

내 말 들어라.

옷, 모자 따위는 필요 없다.

배고파 죽겠다. 맛있는 것 좀 내다오.

내가 원하는 건 그것이 전부다.

그리고 땅을 조심스럽게 살폈지만 음식은커녕 흙밖에 없었다. 세 번을

다시 해보았지만 똑같은 결과였다. 화가 머리끝까지 나서 삽을 공중으로 휙 던졌다. 아야야! 삽이 자기 머리 위로 떨어졌다. 한 손으로는 머리를 휘어 감싸고, 한 손으로는 삽을 패대기쳤다.

"에이, 괜찮아! 아직도 하나가 남았잖아. 내 호주머니 속에 숨겨진 붓! 이건 분명 잘될 거야. 어서 장터로 가봐야겠다. 돈을 벌고 말겠어."

아푸는 앞날을 생각하며 기운을 차리고 일어섰다. 하지만 발이 너무 아프고 다리는 너무 무거웠다. 어떻게 하지? 길가에는 사람 하나 없었다. 계속해서 하품을 해대며 힘들게 걸었다.

해질 무렵 한 작은 마을에 도착했다. 안도의 한숨을 내쉬며 바닥에 털썩 주저앉았다. 그리고 붓을 꺼내들었다. 종이에 아무렇게나 되는 대로 글을 썼다. 이번에는 확실히 보물을 가진 기분이 들었다. 왜냐하면 조금 지나니 조무래기들과 여자들이 자기 앞에 몰려들었으니까. 아푸는 더 열심히 써봤다. 그러니까 구경꾼들도 더 늘어났다. 벌써 돈을 다 벌기라도 한 듯 기분이 좋았다. 그래서 외치기 시작했다.

마술 붓아, 마술 붓아,

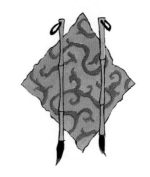

내게 은전을 주어라.

내가 글 써주기 바라는 자 있거든

어서 빨리 나에게 돈을 다오.

하지만 웬걸, 동전 하나 떨어지지 않았다. 주문을 더 외웠다. 역시나 마찬가지였다. 같은 주문을 아홉 번이나 외쳐댔다. 지독히 갈증이 나서 바닷물을 삼키고 물고기를 다 씹어 먹을 것처럼 소리를 질렀다. 하지만 아무도 그에게 돈을 주지 않았다. 그는 해가 질 때까지 실성한 사람처럼 계속 주문을 외워댔다.

밤이 되자 사람들은 하나둘씩 집으로 돌아갔다. 그 빌어먹을 마을에는 여관도 없고 주막도 없었다. 아푸는 황당하고 황망해 엉엉 울었다. 엄마! 아빠! 하고 목 놓아 울었다. 그래봤자 소용없는 일이었지만. 그렇게 외쳐봤자 배만 더 고팠지만. 하지만 그가 할 수 있는 것이라곤 그것밖에 없었다.

비단 자수
좡족 이야기

아주 옛날 어느 높은 산발치에 골짜기가 하나 있었는데, 거기에 탕푸라는 이름의 좡족 노파가 살고 있었다. 남편은 일찌감치 죽고, 오두막 같은 집에서 세 아들을 홀로 키웠다. 첫째 아들은 레메, 둘째는 레투이, 셋째는 레제였다. 탕푸는 대단한 재능이 있었다. 탕푸가 수놓은 꽃, 풀, 새, 금수 들은 정말 살아 있는 것 같았다. 탕푸가 수놓은 비단 자수를 좡족 비단이라 부를 만큼 탕푸의 명성은 자자했다. 탕푸의 비단 자수를 사는 사람은 많았다. 저고리, 요, 이불에 대는 각종 자수를 만들었다. 이 일로 자식들을 먹여 살렸다.

어느 날 탕푸는 비단 자수를 팔러 시내에 나

갔다 정말 기가 막힌 그림 하나를 보았다. 절경을 그린 풍경화였다. 숫을지붕, 신비로운 정원, 넓고 비옥한 땅, 과수원, 채소밭, 양어장. 또 온갖 동물들이 있었다. 닭, 오리, 양, 소. 탕푸는 그림을 보고 또 보았다. 눈을 뗄 수 없었다. 설명할 수는 없지만, 그림의 무언가가 탕푸를 지극히도 행복하게 했다. 가지고 나온 비단 자수를 팔면 그 돈으로 필요한 만큼 쌀을 살 수 있었지만, 탕푸는 쌀을 조금 덜 사는 대신 너무 마음에 든 그 그림을 사야겠다고 마음먹었다.

돌아오는 길에 발길을 멈추고 또 한 번 그림을 바라보았다.

"아, 이런 데서 한번 살아볼 수 있으면 얼마나 좋을까?"

집에 오자마자 아들들에게 그림을 보여주었다. 아들들도 감탄했다.

"레메, 이런 데서 한번 살 수 있다면 얼마나 좋

겠냐?"

탕푸가 큰아들에게 말했다.

"에이, 말도 안 되는 꿈이에요."

레메는 입을 삐죽거리며 말했다.

"저런 데서 살 수 없을까?"

이번에는 둘째 아들에게 물었다.

"저건 딴 세상이에요. 그냥 그림이라고요."

레투이도 말도 안 된다는 듯 말했다.

"레제, 저런 데서 한번 살아보고 싶구나. 아니면 죽을 것 같다."

레제는 잠시 멍하게 있더니 어머니를 위로할 겸 이렇게 말했다.

"어머니, 어머니는 정말 자수를 잘 놓으시잖아요. 어머니가 수놓은 것들은 정말 살아 있는 것 같잖아요. 어머니도 저런 그림을 수놓을 수 있을 거예요. 그걸 보면 거기 실제로 사는 것 같을 테고, 그럼 행복해질 거예요."

탕푸는 입술을 지그시 깨물며 뭔가를 생각했다.

"네 말이 맞다. 이 그림을 따라 그대로 수놓아보고 싶구나. 아니면 죽을 것 같다."

탕푸는 온갖 색의 비단실을 마련해 곧 작품을 준비했다.

하루 이틀, 한 달 두 달, 탕푸는 쉬지 않고 비단 천을 짰다.

레메와 레투이는 이런 어머니가 마음에 들지 않았다. 어머니가 그 일을

하는 것을 여러 번 말렸다.

"하루 종일 그것만 하실 거예요? 팔 것은요? 먹고살아야지요. 지금은 저

희들이 해오는 나무로 겨우 먹고살아요. 나뭇짐 해오는 것도 이젠 지겨

워요."

그러자 막내인 레제가 울컥하며 따졌다.

"어머니를 가만 내버려둬. 아니면 어머니는 돌아가실 거야. 나뭇짐 하는 게 그리 싫으면 내가 다 할게."

네 식구는 레제가 해온 나뭇짐으로 이럭저럭 먹고살았다. 레제는 힘들다는 소리 한 번 안 하고 혼자 나무를 열심히 베어왔다.

탕푸는 밤낮으로 자수를 놓았다. 밤에는 송진으로 불을 밝혔다. 연기가 많이 나 눈이 붉게 충혈되었지만 일을 멈추지 않았다.

한 해가 흘렀다. 어느 날 탕푸의 눈물이 비단 천 위에 떨어졌다. 눈물을 그대로 엮어 맑은 시냇물을, 동심원이 어여쁘게 퍼지는 작은 연못을 수놓았다.

2년이 흘렀다. 눈에서 피가 났다. 핏방울이 비단 천 위에 떨어졌다. 핏방

울을 그대로 엮어 붉은 태양과 붉게 터지는 꽃을 수놓았다.

3년이 흘러 모두 끝이 났다. 너무나 눈부시게 아름다운 쫭족 최고의 작품이 탄생한 것이다. 높이 솟은 푸른 기와지붕, 비취색의 담장, 붉은 기둥과 노란 문. 그 앞에 꽃들이 흐드러지게 피어 있고, 붉은 잉어들은 작은 연못에서 뛰놀았다. 왼편에서는 과수원이 탐스러운 열매들을 자랑하는가 하면, 주렁주렁 매달린 열매들 때문에 아래로 처진 나뭇가지에 새들이 앉아 조잘거렸다. 오른편에서는 파란 채소들이 쑥쑥 올라와 있는가 하면, 황금색 호박이 주렁주렁 달려 있었다. 저택 뒤로는 외양간과 양 우리, 새장이 보였다. 소들과 양떼는 풀밭에서 풀을 뜯고, 닭과 오리는 고개를 땅에 처박고 벌레를 쪼아 먹느라 바빴다. 저택에서 멀지 않은 저 산

발치에서는 옥수수와 벼가 황금빛으로 너울거리고 있었다. 전경에는 맑은 시냇물이 졸졸 흐르고 푸른 하늘에는 붉은 태양이 빛났다.

"너무 멋져요!"

셋째 아들이 감탄했다.

탕푸는 붉게 충혈된 눈을 부비며 한 발 뒤로 물러섰다. 입술에는 반쯤 미소가 흘렀다. 이어 환한 웃음으로 바뀌었다. 그때 돌연 서쪽에서 회오리 바람이 일었다. 어어! 순간 비단 자수가 휘말리면서 위로 치솟더니 동편 하늘로 날아갔다. 탕푸는 두 팔을 휘저으며 소리를 질렀다. 탕푸의 몸은 순간 번개처럼 공중으로 치솟더니 문지방에 툭 떨어졌다. 비단 자수는 저 멀리 사라지고 없었다.

세 형제는 다급히 어머니를 침상에 눕혔다. 그리고 생강차를 좀 들게 했다. 어머니는 겨우 정신을 차렸다.

"아들아, 동편으로 가서 내 비단 자수를 찾아오
너라. 내 생명보다 귀중한 것이다."

레메는 고개를 끄덕거렸다. 짚신을 얼른 챙겨 신
고 동편으로 향했다. 한 달 정도가 지나서 어느 협곡에 도착했다. 오른편
에 돌집 하나가 보이고 그 앞에 돌로 만들어진 말 하나가 서 있었는데, 말
의 입은 바로 그 옆에서 자라고 있는 딸기나무의 딸기를 방금 집어삼킨
듯 벌어져 있었다. 또 하얀 머리를 한 노파 하나가 그 돌집 앞에 앉아 있
었다.

노파가 레메에게 물었다.

"어딜 가느냐?"

"쫑족의 비단 자수를 찾고 있습니다."

레메가 대답했다.

"저희 어머니가 3년 동안 고생해서 만드신 겁니다. 한데 돌풍과 함께 사
라졌습니다."

"동편의 태양 산 요정이 가져간 것이다."

노파가 대답했다.

"너무 아름다워 그들의 자수 견본으로 쓰려고 말이다. 되찾기는 힘들 거

다. 그러나 방법은 있다. 우선 네 이 두 개를 뽑아라. 그걸 이 말 입속에 집어넣어라. 그러면 말이 움직이면서 살아날 거다. 그리고 뒤에 있는 이 딸기들을 먹을 것이다. 열 개째 먹을 때 말에 올라타라. 너를 태양 산까지 데려다줄 것이다. 하지만 중간에 뜨거운 불길이 치솟는 화염 산을 통과해야 한다. 아무리 힘들어도 이를 악물어야 한다. 어떤 신음 소리도 내지 말고 꾹 참아야 한다. 그러지 않으면 모두 재로 변할 것이다. 거길 통과하면 바다에 이르게 된다. 얼음처럼 차가운 파도가 너를 후려칠 것이다. 이를 악다물고 참아야 한다. 춥다고 조금이라도 덜덜 떨면 바다 심연 깊이 처박히게 될 것이다. 그다음에는 태양 산에 도착하게 된다. 비로소 너희 어머니 비단 자수를 되찾게 되는 게지."
그런데 레메는 벌써부터 이를 드드득 부딪혔다. 뜨거운 불과 얼음 파도를 생각하니 유령처

럼 얼굴이 하얘졌다.

　　노파는 그런 레메를 보고 웃기 시작했다.

"그렇게 무서우냐? 보아하니 넌 못 견디겠구나. 그냥 가지 말거라. 대신 내가 금은보화가 가득 들어 있는 작은 궤짝을 주마. 그걸 가지고 가서 그냥 행복하게 살아라."

레메는 금은보화 궤짝을 가지고 집으로 돌아오는 길에 곰곰이 생각했다.

"이거면 편안히 살 수 있어. 이걸 집에 가져갔다가는 넷이 나눠야 하잖아. 나 혼자 써버려?"

레메는 결국 집에 돌아가지 않기로 마음먹고는 시내로 향했다.

한편 탕푸는 계속해서 야위어가고 있었다. 두 달을 기다렸는데도 레메는 돌아오지 않았다.

"레투이, 동편으로 가서 내 비단 자수를 가져다주렴. 내 생명보다 귀중한 것이다."

레투이는 알겠다며 짚신을 챙겨 신고 길을 떠났다. 한 달 후, 그도 역시 산 협곡 오른쪽 돌집 문 앞에 앉아 있는 노파를 만났다. 노파는 이번에도 첫째에게 했던 것과 똑같은 말을 했다. 레투이도 이를 부딪히며 뜨거운 불과 얼음 파도를 생각했다. 그 역시 얼굴이 유령처럼 하얘졌다. 노파는 마찬가지로 그에게 황금 궤짝을 줬다. 큰형처럼 그도 집에 돌아가는 길에 생각이 바뀌었다. 궤짝을 꿰차고 시내로 가서 실컷 먹고 마셨다.

탕푸는 침상에 누워 또 두 달을 기다렸다. 야위고 야위어 더 야윌 살도 없었다. 울면서 하염없이 문 쪽만 바라보았다. 둘째는 영영 나타나지 않았다. 탕푸는 눈이 충혈되어 앞도 제대로 보이지 않았다.

막내 레제가 말했다.

"어머니, 아무래도 형들한테 무슨 사고가 난 것 같아요. 그래서 돌아오지 않는 걸 거예요. 제가 가게 해주세요. 비단 자수를 꼭 찾아올게요."

"그래, 가보아라."

탕푸는 잠시 생각하더니 말했다.

"몸조심해라. 네가 없는 동안은 이웃 사람들이 날 보살펴주겠지."

레제는 짚신을 챙겨 신고 몸을 휙 날려 동편을 향해 뛰었다. 2주 만에 산 협곡에 당도했다. 노파는 돌집 문지방 위에 여전히 앉아 있었다. 그리고

형들에게 했던 것과 똑같은 질문을 했다.

"네 두 형들은 금 궤짝을 가지고 떠났다. 너도 하나 주랴?"

"제가 원하는 건 그게 아닙니다. 비단 자수입니다."

레제는 그렇게 대답하더니 노파가 하라는 대로 어디서 돌멩이를 하나 찾아 제 이를 부쉈다. 깨진 이를 얼른 말 입속으로 집어넣었다. 그랬더니 정말 말이 살아 움직였다. 이어 열 개의 딸기를 따 먹었다. 이때다 하며, 얼른 말 등에 올라타고 목덜미를 잡았다. 힝힝거리는 말의 옆구리를 차며 힘차게 말을 달렸다. 말은 동편을 향해 숨 가쁘게 달렸다.

3일 낮, 3일 밤 만에 화염 산에 도착했다. 붉은 불길이 이들을 둘러쌌다. 레제의 살은 불에 지글지글 탔다. 말 목을 꽉 잡고 몸을 비틀며 이를 악물었고 고통을 참았다. 산을 통과하는 데 반나절이 걸렸다. 이어 얼음 바다에 도착했다. 빙설의 차가운 파도가 레제를 집어삼킬 듯 휘몰아쳤다. 레제는 온몸이 꽁꽁 얼어붙었다. 하지만 역시나 말 목을 꽉 붙잡고 이를 악

물었다. 죽을힘을 다해 고통을 참았다.

한나절 후 드디어 강을 건넜고, 맞은편 기슭에 간신히 도착했다. 태양 산이 우뚝 솟아 있었다. 눈부신 태양이 얼어붙은 그의 몸을 녹여주었다. 기운이 다시 났다. 산 높은 곳 어디에선가 노랫소리와 즐거운 웃음소리가 흘러나왔다.

말에 박차를 가해 산을 올랐다. 산꼭대기에 대궐같이 웅장한 집이 보였다. 레제는 말에서 뛰어내려 당장 안으로 들어갔다. 아름다운 요정들이 비단 천을 짜고 있는 화려한 방이 나타났다. 탕푸의 비단 자수가 견본 삼아 한가운데 걸려 있었다. 레제를 보자 요정들은 화들짝 놀랐다. 레제는 자기가 이곳에 온 이유를 침착하게 설명했다.

"좋아요. 오늘 밤이면 다 끝나요. 내일 드릴게요. 하룻밤만 기다려줄 수 있나요?"

요정 가운데 하나가 말했다.

레제는 알겠다고 했다. 몇몇 요정들이 부산하게 움직이더니 싱싱한 과일을 들고 나왔다. 기운이 다 빠진 레제는 그 자리에 풀썩 주저앉았다. 밤이 되자 요정들은 방에 진주 하나를 걸었다. 그러자 방이 환해졌다. 이 진주 불빛 아래서 요정들은 밤새 천을 수놓았다.

손이 빠르고 솜씨도 좋아 보이는 붉은 옷을 입은 요정 하나가 제일 먼저 일을 마쳤다. 그리고 자기가 한 것과 탕푸가 한 것을 일일이 견주어 보았다. 붉은 태양, 맑은 시냇물, 붉게 터지는 꽃들, 소, 염소. 정말 살아 있는 것처럼 아름다웠다.

'이 비단 자수 위에 살면 얼마나 좋을까.'

요정은 속으로 그런 생각을 했다. 다른 요정들은 아직 끝마치지도 않았는데 벌써 다 마친 이 요정은 다시 실을 꺼내 탕푸의 비단 자수 위, 잉어들 뛰노는 연못 옆에 자기 얼굴을 수놓았다.

레제가 깨어났을 때는 훨씬 깊은 밤이었다. 요정들은 사라지고 없었다. 탕푸의 비단 자수는 빛나는 진주 아래 가만히 놓여 있었다.

'내일 혹시 돌려주지 않으면 어떡하지?'

레제는 그런 생각이 들었다.

'더 지체할 수 없어. 어머니는 지금 위독하셔. 지금 당장 가지고 가는 게

좋겠어.'

레제는 얼른 자수를 잘 말아 가슴에 품었다. 말에 안장을 올리고 말 등에 풀쩍 올랐다. 말은 달빛 아래를 훌쩍 날았다. 말의 목을 꽉 잡고 이를 악 다물었다. 바다를 건너고 화염 산을 건너고 산 협곡에 이르렀다. 노파는 아직도 그 돌집 앞에 앉아 있었다.

"말에서 내려와라, 얘야."

노파가 활짝 웃으며 말했다.

노파는 말의 입에서 이 두 개를 빼더니 레제의 입속에 넣어주었다. 그러자 말은 다시 굳으며 돌이 되었다. 노파는 레제에게 반점사슴 털로 만든 신발 한 켤레를 내밀었다.

"자, 이 신을 신고 어서 집으로 달려가라. 네 어머니가 위독하다."

신발을 신기가 무섭게 레제는 눈 깜짝할 사이 집에 와 있었다. 탕푸는 침상에서 여린 숨을 몰아쉬며 신음하고 있었다.

"어머니, 어머니!"

레제는 숨이 달아나게 어머니를 부르며 비단 자수를 꺼내 어머니 앞에 펼쳤다. 비단 자수에서 나는 광채에 탕푸가 눈을 떴다. 그 야윈 몸을 일으키더니 반가운 눈으로 자수를 바라보았다. 자신이 3년 동안 쉬지 않고 짰던 것을.

"애야, 여긴 너무 어둡다. 더 밝은 데서 보자꾸나."

둘은 밖으로 나와 뜰에 비단 자수를 펼쳤다. 갑자기 어디서 향내가 나며 미풍이 불었다. 비단 천은 미풍에 살살 밀려나더니 점점 커지기 시작했다. 마을을 다 덮을 것처럼 자꾸만 커졌다. 비단 자수 속에 있던 집들이 다 사라졌다. 대신 뜰에 화려한 저택이 들어섰다. 어머니와 아들 옆으로 정원과 과수원이, 채소밭과 들판이 펼쳐졌다. 소들과 양떼가 몰려들었다. 자수 속 풍경과 똑같았다! 실로 믿을 수 없었다. 그런데 연못가에 웬

붉은 옷을 입은 처녀가 보였다. 흐드러지게 핀 꽃들을 바라보더니 이윽고 고개를 돌리며 두 사람이 있는 쪽으로 천천히 다가왔다. 바로 그때 그 요정이었다. 탕푸의 비단 자수에 자기 얼굴을 수놓아 생긴 일이라고 요정은 설명했다.

탕푸는 이 아름다운 곳에서 함께 살자고 요정에게 청하였다. 또 자신이 아플 때 돌보아주었던 가난한 이웃들에게도 와서 같이 살자고 청하였다. 레제는 아름다운 붉은 옷 요정과 결혼하여 행복하게 살았다.

하루는 마을 입구에 두 거지가 나타났다. 레메와 레투이일까? 아마 그럴 것이다. 두 사람은 어머니와 동생이 사는 대저택을 보았지만 차마 들어가지 못했다. 부끄러움이 몰려왔기 때문이다. 발길을 돌린 이들은 마을에 영영 나타나지 않았다.

거울 속 여인들
한족 이야기

옛날 아주 먼 곳에 말로 열흘을 달려도 다 건널 수 없는 큰 평원이 있었다. 지평선은 저 멀리 아득했고 하늘은 그 어디서 볼 때보다 광활해 보였다. 서남쪽을 바라보노라면 푸른 산들이 안개 속에서 흐릿했다. 이런 평원에도 마을은 있었다. 대평원 위에 집들이 점점이 뿌려져 있었다.

그곳 어느 집에 마음 후덕한 노부인이 살았다. 아들 둘을 두었는데, 둘 다 아주 미남인데다 똑똑하기까지 했다. 두 아들을 어서 빨리 장가보내 손자들 어리광을 보며 사는 것이 노부인의 소원이라면 소원이었다. 하지만 두 아들은 이런 어머니의 마음을 몰라주었다. 중매쟁이가 혼담을 놓으려고 이 집 저 집 발이 닳게 돌아다녔지만 도무지 성사가 안 되었다.

어머니는 걱정이 되었다. 한번은 밤에 잠이 안 와 일어나서 문을 열었다.

사위가 어두웠다. 눈을 들어 하늘을 보니 별이 총총했다. 한숨만 나왔다.

"에구, 내 팔자야. 내 새끼들이 얼마나 대단한 각시를 얻으려고 이렇게 장가를 못 갈까?"

아주 낮은 목소리로 말했지만 밤이 너무 고요해 별들이 이 소리를 들은 것도 같았다. 그런데 놀랍게도 서남쪽에서 달보다 더 크고 둥근 빛이 내려왔다. 처음에는 무슨 공인 줄 알았다. 그런데 점점 가까이 다가오더니 뜰에 내려앉았다. 빛이 너무 눈부셔 부인은 순간 눈을 감았다. 다시 눈을 떠 보니 한 노인이 후광에 둘러싸여 앞에 떡 하니 용머리가 달린 지팡이를 짚고 있었다. 신령이 분명했다. 인자하고 환한 웃음을 짓더니 수염이 다 흔들리게 쩌렁쩌렁한 목소리로 말했다.

"며느리를 보게 해주마."

노인은 도포 소맷자락을 크게 흔들더니 눈썹을 움찔거리며 말했다.

"신령님, 괜한 일이십니다. 우리 아들들 눈이 너무 높아요. 근데 며느리들은 어디들 있습니까? 또 중매쟁이는요?"

노인은 또 수염이 흔들리게 웃음을 터뜨렸다.

"허허허허. 중매쟁이는 필요 없다. 가마도 필요 없다. 나한테 두 개의 거울이 있다. 이 거울 속을 보면 미래의 며느리들이 있다. 거울 속이지 실제가 아니라고? 아니다. 실제로 있다! 매해 세 번째 달, 세 번째 날, 자정이 되면 이 거울을 들고 서남 방향을 비춰라. 그러면 큰길이 나온다. 그 길을 따라 죽 가면 젊은 처자들을 보게 될 것이다."

신령은 양쪽 호주머니를 뒤적거리더니 둥글고 작은 거울을 두 개 꺼내 부인에게 주었다. 공처럼 생긴 빛 덩어리는 다시 하늘로 올라갔고, 유성처럼 빠른 속도로 서남쪽을 향해 올라가더니 멀리 사라졌다.

부인은 방으로 들어와 두 아들을 깨웠다. 그리고 각자에게 거울을 주었다. 큰아들이 먼저 거울을 보았다. 붉은 옷을 입은 한 처녀가 환하게 웃으며 그를 바라보았다. 이어 고개를 숙이더니 손에 들고 있던 붉은 모란을 바라보았다. 아들은 거울 속 처녀라는 걸 깜박 잊고는 어머니에게 말했다.

"어머니도 저 웃음 보셨어요? 전 그녀가 너무 좋아요. 저 처녀랑 결혼하겠어요."

부인은 아들의 말을 잠자코 들었으나 뭐라 대답해야 할지 몰랐다.

둘째 아들도 거울을 보았다. 거울 속 처녀가 사랑스럽게 그를 쳐다보았다. 그러고는 고개를 숙이더니 손에 들고 있는 초록 모란을 바라보았다.

둘째 아들 역시나 거울 속 처녀라는 걸 깜박 잊고는 어머니에게 말했다.

"어머니, 이 처녀가 저를 사랑스럽게 봐요. 이 눈빛에 어찌 무감할 수 있단 말입니까. 저 처녀와 결혼하겠어요."

어머니는 멍한 얼굴로 말했다.

"어리석은 소리 마라. 너희들이 본 처녀들은 거울 속에 있을 뿐이다. 실제로 있는 게 아니다. 그러니 어찌 결혼한단 말이냐."

이 말에 첫째 아들은 고개를 푹 꺾었고, 둘째는 얼굴빛이 어두워졌다. 며칠이 지나서도 두 형제는 시무룩했다. 하는 수 없어 어머니는 신령이 한 말을 아들들에게 전했다.

"하지만 둘이 같이 떠날 수는 없다. 무슨 위

험이 있을지 모르니."

"제가 형이니 먼저 갈게요."

큰아들이 말했다.

"그래, 형이 더 급하니 형을 먼저 보내자."

자정 무렵 큰아들은 뜰로 나왔다. 거울을 들고 서남 방향으로 돌렸다. 거울 속에서 신비한 빛줄기가 새어 나왔고, 가파른 기암절벽을 비추었다. 빛은 한순간 길로 변했다.

큰아들은 어머니와 동생에게 작별을 고하고 길을 떠났다.

새벽 무렵이 되자 벌써 길 끝에 와 있었고, 바로 산 밑이었다. 큰아들은 경사가 가파른 산길을 올랐다. 한참을 올라가니 암자가 하나 보였다. 암

자 안에 눈부신 빛을 발하며 가부좌를 틀고 있는 노인이 있었다. 어머니
가 말한 그 신령이 분명했다. 다가가 공손히 물었다.

"신령님, 제가 여기까지 왔습니다. 그 처녀를 어디 가면 찾을 수 있겠습
니까?"

신령은 총각이 기특하다는 듯 웃으며 말했다.

"여기까지 잘 왔구나. 처녀는 서쪽 저 큰 산에 산다. 그 산에 도착하려면
우선 호랑이 산과 괴수 강을 건너야 한다. 네가 찾는 처녀는 못된 악녀의
주술로 붉은 모란이 되어 어느 집 뒤뜰에 피어 있다. 그 뒤뜰에 반드시 몰
래 들어가야 한다. 꽃을 보거든 그 앞에다 거울을 대라. 그러면 인간으로
돌아올 것이다. 이게 내가 너에게 해줄 수 있는 모든 것이다. 거기에 가고

못 가고는 너한테 달려 있다."

"여기까지 왔는데 어찌 빈손으로 돌아가겠습니까."

"네가 가겠다니 기쁘다. 나도 너를 도울 수 있어 흐뭇하
구나. 너에게 채찍과 실패를 주마. 너에게 그것을 어떻게
사용하는지는 조금 있다가 알려주겠다. 하지만 이것을 꼭
명심해라. 그것을 사용할 때 조금이라도 마음이 약해지면
안 되느니라."

신령은 아주 평범하게 생긴 채찍 하나와 하얀 실이 감긴 실패를 주었다.
그리고 사용 방법을 설명해주었다. 이어 길을 알려주더니 온데간데없이
사라졌다.

신령님이 알려준 대로 이리 오르고 저리 올라 드디어 산꼭대기에 도착했
다. 하지만 앞에 또 다른 산들이 펼쳐졌다. 검은 구름 덩어리 사이로 기암
절벽이 우뚝 서 있었다. 잠시 숨을 돌렸다. 앞으로 나아가면 나아갈수록
더 가팔랐다. 산길은 경사가 가팔랐고 어떤 낭떠러지는 공중에 매달려
있는 것처럼 어지러웠다. 땀이 났다.

그때 큰 호랑이 한 마리가 달려들었다. 얼른 신령이 준 채찍을 꺼냈다. 호
랑이가 아가리를 벌리고 포효하는 순간 공중에 두 번 채찍을 크게 휘둘

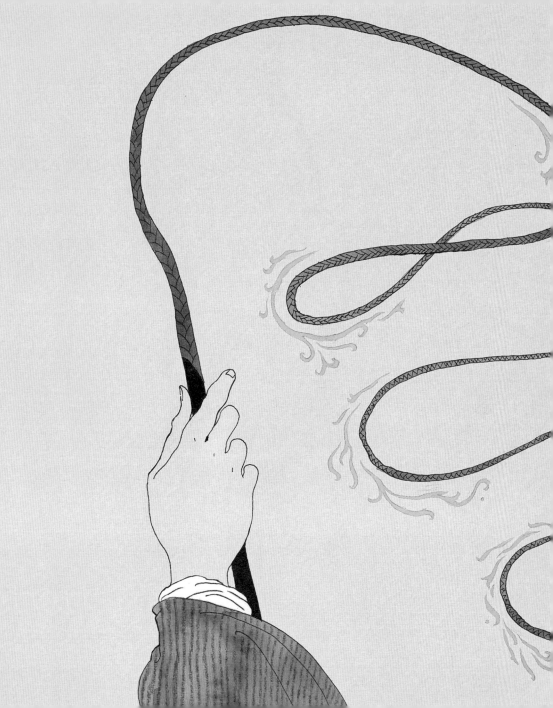

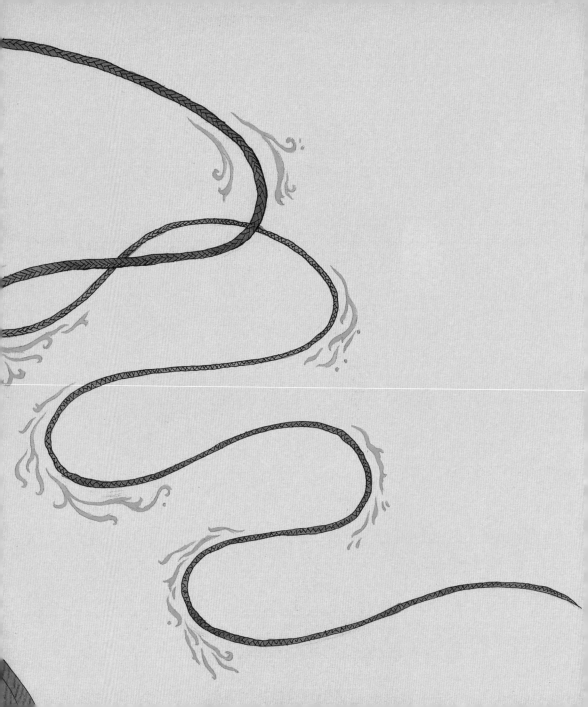

렸다. 그리고 신령이 알려준 대로 이렇게 외쳤다.

"뒤로! 어이, 산지기. 내 여인을 찾으러 왔다. 비켜서라!"

그러자 호랑이는 이가리를 닫고 머리를 숙이더니 슬쩍 뒤로 물러났다. 산 아래를 내려다보니 큰 강이 흐르고 있었다. 바위도 없고 나무도 없고 오로지 물뿐이었다. 몇 분이 흘렀을까. 강가에 도착해서는 실패를 꺼내 실 끝을 잡고 실패를 강물 속에 던졌다.

"괴수들아! 내 여인을 찾으러 왔다. 다리를 만들어라!"

말이 끝나기가 무섭게 몸은 인간인데 물고기 꼬리가 달린 괴수가, 또 몸은 거북인데 인간 머리를 한 괴수가 물에서 튀어나와 실패를 풀며 강 건너편 기슭까지 가져갔다. 실이 풀리면서 가는 나무다리가 만들어졌다. 채찍을 휘두르며 다리 위를 걸었다. 중간쯤 와서 다리가 어떻게 됐는지 궁금해 순간 고개를 숙였다. 푸른 물속에 있던 괴수의 붉고 커다란 눈과 마주쳤다. 찔끔했다.

"다리가 너무 가늘어. 혹시 강으로 떨어지면? 그 괴, 괴, 괴수한테?"

다리가 후들후들 떨렸다. 머리가 핑 돌았다. 바로 그때 가는 다리는 다시 실로 변했고, 큰아들은 그만 강물 속에 처박히고 말았다.

일 년이 흘렀지만 큰아들은 돌아오지 않았다. 어머니는 희망을 버리지

않고 아들을 기다렸다. 그러나 마음은 그지없이 무거웠다. 또 세 번째 달,

세 번째 날이 왔고 둘째 아들이 말했다.

"어머니, 바로 오늘이에요. 작년 이날 형이 갔어요. 이번엔 제 차례예요."

"뭐라고?"

어머니가 놀라서 물었다.

"네 형이 아직 돌아오지 않았다. 그런데 어찌 떠날 생각을 하느냐?"

"어머니, 형은 오지 않을 겁니다. 저는 반드시 살아 돌아오겠어요."

어머니는 첫째 아들 소식이 궁금했고, 어떻게 된 건지 알아보기 위해서라도 둘째 아들을 보내야 한다는 생각이 들었다.

"가라. 네가 가겠다면 가라. 하지만 주의해라. 항상 신중해라. 형이 어떻게 된 건지 꼭 알아봐야 한다. 처녀를 찾겠지만, 넌 처녀를 못 찾아도 그냥 돌아와야 한다."

둘째는 알겠다고 했다. 자정에 거울을 들고 뜰에 나와 거울을 서남쪽으로 돌렸다. 거울 속에서 빛줄기가 나오더니 큰길이 되어 산으로 향했다. 새벽이 되기 전 둘째 아들은 길 끝에 도착했고, 역시나 암자의 신령을 만났다. 그 역시 채찍과 실패를 받았고, 신령이 큰아들에게 해준 것과 똑같은 이야기를 들었다. 신령은 덧붙였다.

"작년 이맘때쯤 네 형이 왔다. 하지만 강에 떨어져 생사를 모른다. 그래도 갈 것이냐? 결정은 네가 해라."

형의 소식에 둘째는 놀랐고 슬픔이 복받쳤다. 눈물이 뺨에 흘렀으나 이

를 악다물며 대답했다.

"그래도 갈 겁니다."

단단히 결심이 선 것을 본 신령은 길을 가르쳐주었다. 둘째 역시 호랑이가 공격하자 채찍을 휘둘러 제압했고 마침내 괴수의 강에 도착했다. 둘째 역시나 실패를 꺼내 실 끝을 잡고 강에 던졌다.

"괴수들아! 내 여인을 찾으러 왔다. 다리를 만들어라!"

푸른 물속에서 이전과 같은 괴수들이 나타나 실을 풀면서 나무다리를 만들었다. 둘째는 채찍을 흔들며 다리를 건넜다. 다리 밑 강물 소리가 거셌

지만 괘념치 않고 걸었다. 떨지 않고 차분히, 냉정하게 그리고 무사히 강을 다 건넜다.

두 산을 지나고 나니 소나무와 전나무가 울창한 숲에 들어와 있었다. 지붕 하나가 보였고, 묘한 향기가 났다. 신령이 주의를 준 대로 바로 앞문으로 들어가지 않고 집 밖을 한 바퀴 돌아 뒤뜰 정원으로 들어가는 뒷문을 찾았다. 온갖 꽃들이 벽을 타며 내려와 있었지만 크게 신경 쓰지 않았다. 채찍을 벽에 탁 치자 채찍은 밧줄 사다리로 변했고, 그 사다리를 타서 벽을 넘었다. 사다리를 걷자 사다리는 다시 채찍으로 변했다.

뒤뜰 정원 한가운데는 신령이 말한 그대로 모란 두 송이가 피어 있었다. 하나는 붉은색, 하나는 초록색. 둘 다 아름다웠고 강한 향기가 났다. 둘째는 거울을 들고 초록 모란을 비췄고 신령이 하라는 대로 주문을 외쳤다.

"초록 모란!"

모란은 곧 아름다운 처녀로 변했다. 거울에서 본 그때 그 처녀였다.

"아가씨, 당신을 찾아 이곳까지 왔습니다. 저를 따라가겠는지요?"

초록 모란 처녀는 그를 머리부터 발끝까지 바라보며 웃었다. 그런데 고개를 돌리더니 붉은색 모란을 바라보았다. 순간 얼굴에서 웃음이 사라졌다.

"붉은 모란 언니를 두고 어찌 갑니까. 당신을 따라간다면 저야 악녀한테서 벗어날 수 있겠지만, 제 마음은 항상 무거울 거예요."

이 말을 들은 건지 붉은 모란 이파리에 진주알 같은 이슬방울이 맺혔다. 마치 눈물을 흘리는 것 같았다.

둘째의 마음도 무거웠다. 붉은 모란은 분명 형의 여인일 것이다. 하지만 거울 없이 어찌 그녀를 나타나게 한단 말인가.

그때 초록 모란 처녀가 말했다.

"얼른 방 안으로 들어가요! 악녀가 곧 올 거예요."

벌써 악녀는 앞뜰 정원에 와 있었다. 방으로 들어온 둘째와 모란 처녀는 문틈 사이로 악녀를 몰래 보았다. 옷은 잘 입고 있었지만 얼굴과 손에는 긴 털이 덥수룩했다. 악녀는 문 앞에 와서는 투덜

거렸다.

"이런 사악한 년! 초록 모란! 누가 널 인간으로 바꿔놓았지? 집 안에 낯선 자가 들어왔군. 누가 숨겨주랬어!"

악녀는 발길질을 하며 문을 부수려 했다. 옷자락을 마구 흔들며 바람을 일으켰지만 일단 거울이 있는 이상 악녀도 모란 처녀를 어떻게 할 수 없었다. 안 되겠다 싶었는지 생각을 바꾸어 웃으며 말했다.

"초록 모란, 넌 착한 애다. 이 총각도 참으로 미남이구나. 이렇게 잘 어울리는데 내가 너희들을 혼인시키지 않을 이유가 어디 있겠느냐."

이 말을 듣고도 둘은 아무 말 하지 않았다. 아무 반응이 없자 악녀는 눈썹을 치켜뜨며 말했다.

"참, 우리에게 당나귀와 말이랑 또 소와 양이 있지 않느냐. 오늘 밤 누가 다 훔쳐갈지 모른다. 그러니 감시해야 한다. 이 청년이 날 좀 도

와주었으면 좋겠구나. 그런 다음 내일 같이 떠나라."

그러고는 자리를 떴다.

초록 모란 치녀는 슬픈 얼굴로 말했다.

"당신을 함정에 넣으려는 거예요. 당나귀와 말과 소요? 절대 아니에요. 여우, 호랑이, 표범이면 몰라도."

둘째는 처녀를 안심시키려고 이렇게 말했다.

"나에게는 이 채찍이 있소. 맹수들이 감히 나한테 오지 못할 거요."

이 말에 모란 처녀는 안도의 한숨을 내쉬었다.

못된 악녀는 둘째를 집에서 좀 멀리 떨어진 산으로 데려가더니 금세 사라졌다.

이미 밤이 깊었다. 산은 가시덤불투성이였다. 당나귀, 말과 소가 있을 리 없었다. 대신 호랑이, 표범, 늑대가 나타나기 시작했다. 사방이 칠흑 같은데 초록빛이 반짝거렸다. 맹수들의 눈이었다. 그러나 맹수들은 멀리서만 맴돌 뿐 채찍을 들고 있는 둘째에게 감히 다가오지는 못했다. 무사히 산에서 새벽을 난 둘째는 다시 뒤뜰 정원으로 돌아왔다. 청년이 아무 탈 없이 돌아온 것을 본 악녀는 우는 척하며 말했다.

"초록 모란이 날 많이 따랐소. 그 애가 떠난다면 슬퍼서 어찌하오? 그 애와 떨어져 살 수 없어요. 나도 데려가면 안 되겠소?"

초록 모란 처녀는 필시 악녀가 또 무슨 계략을 세울 거라고 의심했다. 악
녀야 워낙 머리가 좋지만 초록 모란 처녀도 만만치 않았다.

"예, 물론이에요. 하지만 연세가 있으셔서 힘드실 텐데. 너무 먼 길이잖
아요. 그래도 신통력이 있으니까 가시는 동안만이라도 거인, 아니 엄지
만 한 난쟁이로 변해 가시면 어때요? 맞아, 그게 좋겠어요. 여기 구리 물
병이 있으니까 아주 작게 변해서 여기 들어가 계시면 저희가 이걸 들고
가면 되잖아요. 피곤할 일도 없고, 안에서 불편하면 앉아 계실 수도 있
고, 그냥 주무셔도 돼요."

악녀의 머릿속에는 어떻게든 이들을 따라가 해칠 생각밖에 없었다. 자신
의 마력과 계략에 자신 있던 악녀는 일단 그렇게 하겠다고 했다.
그래서 엄지만 한 크기로 변해 구리 물병 안으로 들어갔다.
그러자 바로 모란 처녀는 손으로 입구를 막았고, 둘째
에게 어서 마개를 가져오라고 눈짓하더니
마개로 입구를 꽉 막았다.

초록 모란 처녀는 괴수 강에
도착하자 병을 강물 속으

로 힘껏 내던졌다. 그제야 마음이 놓이는지 웃음을 지었다. 그러더니 갑자기 강가에 주저앉아 울음을 터뜨렸다.

"못된 악녀야! 우리 언니와 날 그렇게 모질게 괴롭히다니! 자기 좋자고 우리를 모란으로 만들어버리고! 아, 붉은 모란 언니! 어찌 언니를 거기 혼자 놔두고 가겠어! 어찌하면 언니를 다시 볼까."

너무 구슬피 울자 구름도 따라 울었다. 빗방울이 떨어지기 시작했고, 소나무 잎에도 이슬방울이 맺혔다. 형을 생각하니 동생도 슬퍼져 오열했다. 잠잠한 강물 수면에 갑자기 밝은 빛이 퍼졌다. 검은 구름이 하얘지면서 흩어졌다. 강물 한가운데 후광이 비치더니 신령이 나타났다. 신령은 물에서 나와 뭍으로 내려오더니 지팡이로 괴수 강을 가리키며 큰 소리로 말했다.

"괴수들아! 작년에 정혼자를 찾아 여기 온 청년을 지금 여기로 데리고 와라!"

그러자마자 인간 몸에 물고기 꼬리를 한 괴수와 거북 몸에 인간 머리를 한 괴수가 강물 위로 청년 하나를 들어올렸다. 거울 덕인지 모습은 하나

도 변하지 않고 그대로였다. 신령이 몸을 한 번 흔들
자 청년은 곧바로 일어나더니 눈을 부비며 말했다.
"내가 꿈을 꾸었나?"
그러고는 동생을 보며 환하게 웃었다.

신령은 하늘로 올라갔는지 어느새 보이지 않았다.

세 사람은 부리나케 뒤뜰 정원으로 달려갔다. 첫째는 "붉은 모란!" 하고
외치면서 거울을 붉은 모란 앞에 비추었다. 바로 붉은 옷을 입은 처녀가
나타났고, 거울에서 본 그 처녀가 맞았다. 첫째가 다가가자 붉은 모란 처
녀는 환하게 웃었다.

산 위의 검은 구름은 모두 사라졌고, 모든 소원은 이루어졌다.

두 아들이 며느리를 데리고 집에 돌아오자 늙은 어머니는 기뻐 어쩔 줄
을 몰랐다. 모두가 행복하게 오래 살았다

카자흐스탄

후이족

키르기스스탄

타지키스탄

네팔

중국

둥샹족

인도

부탄

하니족

미얀마

바이족

방글라데시

라오스

그린이 레나타 푸치코바는 1964년 체코에서 태어났다. 프라하의 응용미술학교에서 그림을 공부했다. 체코는 물론 프랑스, 독일, 이탈리아, 폴란드, 한국, 대만 등 세계 여러 나라에서 출간된 30여 권의 책에 그림을 그렸다. 다수의 권위 있는 상을 수상하였고, 특히 구약 성경을 다룬 삽화로 IBBY에서 수여하는 상을 받기도 했다. 지금은 프라하에 살며 그림책을 그리는 일에 몰두하고 있다.

옮긴이 류재화는 1970년 전주에서 태어났다. 고려대학교 불문학과를 졸업하고, 출판사에서 여러 해 일했다. 지금은 파리 누벨소르본대학 문학부에서 박사 과정을 밟으며, 활발한 번역 작업을 하고 있다.『붓을 든 소녀』『아프리카 우화집』『루브르로 읽는 세계사』전6권『놀림감이 될 거야』『룰레트』등 어린이를 위한 책뿐만 아니라, 어른들을 위한『신화와 예술』『고대 로마의 일상생활』『보다 듣다 읽다-레비스트로스 미학 강의』『심연들』등을 우리말로 옮겼다.

비해 동양에서 '안다'는 것은 눈에 보이지 않는 세계를 우리의 감각으로 꿰뚫어 보는 직감에 기초해 있다.

콩트, 옛날이야기에는 반복법이 많이 사용되는 것이 보통인데, 유독 여기에 실린 이야기들에는 반복법이 절묘하게 쓰이고 있다. 반복적인 주문을 걸어 최면을 걸듯 단순하고 똑같은 상황과 대화를 반복하면서 이야기에 홀리게 만든다. 스무 고개 놀이를 하듯 계속해서 고개가 나온다. 그러나 결국 무언가에 접근해간다.

「물동이를 든 양귀비 처녀」에서 얀지아오는 계속해서 고개를 넘으며 '미션'을 수행함으로써 드디어 천생 배필을 만난다. 상상 세계 속에서 현실로 튀어나와 외로운 자신을 도운 친구를 산 넘고 물 넘어 기어이 찾아 오고야 마는 「소년과 외뿔소」에서도 반복 속에서 이야기가 쌓이고 굴러간다. 파도의 움직임은 지겹도록 매번 같은 동작이나, 그것을 계속 쌓아감으로써 역동적인 힘을 얻어 끝내는 바닷가 모래밭 바위에 거세게 부딪히며 힘없이 부서진다. 이야기도 이런 식이다. 뒤가 궁금해서라도 이야기를 놓지 못하게 만드는 일종의 유혹. 옛날이야기는 끝이 날 듯 끝이 나지 않는다. 밤은 그렇게 깊어간다.

이 스물한 편의 두꺼운 책을 한번에 다 읽지는 말기 바란다. 곶감을 하나씩 빼먹듯 아껴가며 읽으면 더 감질날 것이다.

• 류재화

환영만, 환청만 던질수록 이야기에는 어떤 묘한 열기와 몽환적인 것이 남는다.

동화나 전래 동화는 동양이나 서양을 막론하고 "옛날 옛적 그랬다"로 시작한다. 이것은 마치 최면을 거는 주문과도 같다. 옛날 옛적 어디어디 살았던 아무개 주인공은 저 태곳적 주인공이지만, 지금 그 이야기를 불러내 들려주는 이의 입에서 그는 현재의 그 누구보다 생생하게 살아 있다. 옛날이야기는 작자 없는 혹은 작자 미상의 이야기지만, 실은 무수한 공동체 집단이 그 저자이다. 조상들, 죽은 자들이 후손들, 산 자들에게 들려주는 귀하고도 귀한 이야기. 그래서들 말한다. 콩트는, 설화는, 옛날이야기는 저 먼 태고에서 온 것이나 숲 속의 옹달샘처럼 늙었으되 늘 젊다고.

중국이라는 큰 나라는 56여 개의 민족으로 구성된 다민족 다문화 국가이다. 이 책이 소개하는 민족들만 해도 자오족, 한족, 바이족, 후이족, 둥샹족, 좡족, 만주족, 리족, 먀오족, 하니족, 부랑족, 어룬춘족 등 평소에 우리가 미처 이름도 모르는 여러 민족들이다. 각 민족의 서로 다른 자연과 생활상, 풍습, 느끼고 생각하는 방식 등이 각 민화 속에 잘 녹아 있다.

「지혜로운 며느리」에서 며느리 키아오구의 영리함은 지식이나 지혜라기보다는 융통성 있고 순발력 있는 '눈치 빠름'이다. 꾀 많은 탐욕보다는 어리숙하고 착하게 사는 것이 그래도 옳다는 것을 보여주는 「백치와 인삼 처녀」, 계속해서 변신하며 새로운 것을 찾으나 결국 자기 근본으로 돌아오는 「석공의 꿈」 등은 지극히 동양적인 정서를 보여준다. 서양에서 '안다'는 것은 겉에 드러난 세계를 눈으로 직접 보는 것 혹은 이성적인 생각으로 사물을 분별하고 판별하는 것을 말한다. 그에

옛것이라 더 감칠나는 사람 사는 이야기

어린 시절 할머니에게 옛날이야기를 해달라고 조르면 감칠나게 하나만 해주셨다. 더 해달라고 보채면 "이야기 좋아하면 가난하게 산다"며 안 해주셨다. 이야기가 고프면 고플수록 감 꼬치에서 곶감 하나씩 빼먹듯 아껴가며 먹는 것이다. 다음 날 잠이 오지 않는 밤, 할머니는 어김없이 또 다른 이야기를 꺼내놓으셨다. 구수한 옛날이야기를 들으며 우리는 스르르 잠이 든다. 저 다른 세계로 가는 것이다. 꿈의 세계로 들어가는 것이다.

이 책을 프랑스에서 펴낸 그륀드 출판사는 아프리카, 중국, 러시아 등 각 민족에게 전해져 내려온 이야기들을 '세계 콩트' 시리즈로 소개하고 있다. '콩트conte'라고 하면 흔히들 유머 가득한 우스개 이야기를 떠올리지만, 사실 우리의 구전 동화나 전래 설화 같은 것이다. 콩트는 우화, 동화, 민화, 설화 등으로 옮겨볼 수도 있지만 단편보다도 짧은 이야기라 해서 '엽편葉篇 소설'이라고도 한다. 나뭇잎 위에 적어도 좋을 이야기. 이야기가 짧고 간략할수록, 다 말하지 않고 불쑥 이미지만,

그린이의 말

나는 한 해의 절반을 선녀가 막 튀어나올 것 같이 경치가 아름다운 마을에서 지냈다. 옥빛 숲을 거닐고 기암절벽을 올랐으며, 푸른 강에서 미역을 감았고, 너른 평원을 숨이 차도록 달렸다.

쏴아아, 대나무 숲의 선뜻한 소리를 들었고, 모란의 향기에 취했으며, 생강, 약초, 후추 냄새에 취했다. 비밀스러운 황실 내부를 조용히 걷고, 장터 의자에 앉아 뜨거운 국수를 먹었으며, 거리 인형극을 보고 깔깔 웃었다.

시골 사람들을 만났고, 그들의 집에 초대받았다. 마당에서, 마루에서, 부엌에서 이야기를 나누었다. 그들의 생활을, 노동을, 풍습을 이해하게 되었다.

가족을 아끼고, 조상을 아끼고, 사람을 아끼고, 자연을 아끼는 그들의 삶을 사랑하게 되었다.

● 레나타 푸치코바

한족 한족 한족 한족 만주족

만주족 쫭족 쫭족 어룬춘족

자오족 먀오족 먀오족 하니족 리족

부랑족 바이족 둥샹족 후이족 후이족